光文社文庫

文庫書下ろし

レッドデータ

麻薬取締官・霧島彩Ⅲ

辻　寛之

光　文　社

この作品は光文社文庫のために書下ろされました。

目次

レッドデータ

麻薬取締官・霧島彩Ⅲ

プロローグ

体が震えているのは寒さのせいか。それとも緊張からか。いや、どちらでもない。理由は渇望だ。渇いている、だから震えているのだ。

男はポケットから錠剤を一錠出して、口に入れた。錠剤を噛み、口の中で溶かす。刑務官を待つ間、クスリが体に取り込まれるのを待った。徐々に震えが鎮まり、じわじわと熱が体の内側から湧き上がってくる。自分が内部から変化していくのがわかる。まるでさなぎから成虫に変化するように。脳内の分泌液が全身を巡り、細胞が生まれ変わっていく。

さっきとは違う感覚。神経が研ぎ澄まされ、すべてをコントロールできる自分がいる。世界から見過ごされた自分は消え、世界を支配している自分が生まれた。

部屋の扉が半分開いた。くたびれた刑務官が入ってきて、男を蔑んだ目で見た。

「面会希望者だね」

刑務官に呼ばれ、男は満面の笑みで答える。

「こぉんばぁんわぁ」

上目遣いに刑務官を見ると、なぜか刑務官は視線を外した。

「中に入れ」

刑務官が顎をしゃくり、男を面会室に入れた。

「ここで待っていろ」

刑務官はそう命じると、そそくさと部屋から出て行った。

面会室を見回した。透明なアクリル板に仕切られた壁。その向こうにも椅子がある。もうすぐあの方に会える。男は興奮しながら、アクリル板の前に置かれたパイプ椅子に座った。しばらくして、向こう側のドアが開いた。刑務官に連れられて、あの方が入ってきた。

「面会は十五分だ」

刑務官は事務的に伝えると、部屋の隅にある椅子に座って腕時計を見た。あの方が椅子に座り、男を見てほほ笑んだ。

「あんた随分とマシになったね」

「クスリのおかげさ。効き過ぎて飲んだらすぐにイキそうになっちまう」

あの方がくすくす笑う。

刑務官が男を睨んだが、男は気にせず話を続けた。

「もっとすげえクスリもできたんだぜ。これからテスターにも試してもらう。きっと気に入るはずだ」

得意満面で話すが、あの方は目を細めて見透かしたように男を睨んだ。

「そんなんじゃあの子は満足しないよ。そろそろ赤いやつをやんな」

「赤いやつか。いいねえ。たしかに楽しい仕事だが、簡単じゃねえだろう」

「そうだ。簡単じゃない。だけど早くしないと奴らがやってくる」

「奴らって誰だ」

「マトリだよ」

「誰だそいつは」

「私たちの仕事を邪魔する奴らさ」

「だったら、早めに始末したほうがいいな」

「いや、始末するんじゃない。うまく利用するんだ」

「利用する？」

「そうだ。マトリを取り込んでうまく使うんだ」

あの方の薄い唇が微笑にあわせて動く。男はその唇が好きだった。

「あんたに触りたい。なあ、早くそこから出てきてくれよ」

刑務官が鋭い視線を向ける。だが、男は気にせず、アクリル板に舌を伸ばし、舐め始めた。あの方が指で舌を触る。舌がアクリル板を溶かし、あの方の指を口に含む。アクリル板が溶けて、舌と指がゆっくりと交わる。

「渇いているんだね。かわいそうに。おまえにいい女をあてがってやるよ」

「どんな女だ」

「マトリの女だよ」

よだれが口からだらだらと垂れている。刑務官が立ち上がり、面会人に近づいてくる。

男はアクリル板に両手をついて囁いた。

「その女、名前は何て言うんだ？」

あの方は微笑を浮かべて答えた。

「キリシマアヤ、漢字はこう」

アクリル板に指で字をなぞる。男はそれを注意深く見て漢字を覚えた。

刑務官が受刑者の肩を摑んだ。

「もう時間だ」

あの方が椅子から立ち上がり、刑務官に連れられ、部屋を出て行く。その姿を見ながら、男はもう一度女の名前を復唱した。

「霧島彩（きりしまあや）、マトリの女」

第一章　脱法ハーブ

1

六月末日、深夜零時前。

梅雨の時期、憂鬱な空模様とは対照的に街はいつもの喧騒に覆われていた。眠らない街ではこの時間でも人の群れが途絶えず、活気に満ちている。蛾を集める灯りのように色とりどりのネオンが若者たちを吸い寄せていた。

新宿・歌舞伎町にある雑居ビルの一階。店舗の前に置かれたネオンにはでかでかと「ハーブあります」の文字が浮かび上がっている。ぱっと見では何の店かわからない。売る側は商品説明をしないし、客も聞かない。そこには暗黙の了解があるだけだ。

店ではリキッド、スパイスと書かれたカラフルなパッケージのバスソルトやハーブが売られている。『ポイント二倍』、『サンプル無料サービス』などの貼り紙はまるでプリペイドカードか雑貨でも扱うような様相だが、実際の中身は危険な薬物だ。脱法ハーブと呼ばれる薬物の販売店が今夜のターゲットだ。

霧島彩が店の内偵を始めたのは一週間前だった。地道な調査を続け、ようやくこの日を迎えた。

彩たち取締官は捜査車両の中で息をひそめ、日付が変わるのを待っていた。店舗が見える位置に駐車した捜査車両からターゲットである店舗『ハーブトライフル』の監視を始めて三時間が過ぎた。捜査を指揮する特捜チームのリーダー、堤（つつみ）が耳元で囁いた。

「何時だ？」

彩は腕時計を見た。

「まもなく零時を回ります」

「よし、零時を回ったら行くぞ」

待機している特捜チームの面々の顔が引き締まる。チームメンバーには麻薬取締官、通称マトリと呼ばれる違法薬物捜査のエキスパートが揃（そろ）っている。

特捜チームが待っていたのは改正薬事法の施行だ。これまで麻薬取締官には認められていなかった指定薬物に関する取締権限が改正薬事法の施行をもって付与される。法改正前は指定薬物が堂々と売られていてもマトリは手を出せなかった。だが、これで晴れて取り締まりができる。とはいえ、すぐに捜査というわけにはいかない。

薬事法の規定では、まず立入検査で指定薬物の取り扱いについて実態解明をしたうえで、指定薬物かどうか確かめる必要がある。立入検査は行政行為であり、捜査ではない。法令に基づいて、業務が執り行われているかどうかを所轄官庁の職員が確認する検査である。

それでもこれまで手を出せなかった危険ドラッグにようやく着手できる。都内で危険ドラッグを扱う店が最も多い歌舞伎町に狙いを定め、初の立入検査をするために堤率いる特捜チームが組織された。

彩の腕時計が午前零時を告げる。

「時間です」

堤が頷(うなず)く。

「行くぞ」

堤の号令で取締官たちが一斉に車を出て、店に入った。彩もその流れに乗り、店舗に足を踏み入れた。

店内はさほど広くないスペースだが、壁一面に派手なパッケージの写真が貼られている。小窓のついたカウンターに店員が一人。堤が店員の男に麻薬取締官証を掲げる。

「マトリだ。所轄官庁の権限で立入検査をさせてもらう」

堤の言葉に彩の全身が震えた。店には何度か客を装い訪れていた。そのたびに若い客と遭遇した。危険なドラッグだと知ってか知らずか、手軽に薬物に手を出す客に薬の恐ろしさを伝えたい。だが、これまでは客が堂々と危険ドラッグを買っていくのを見過ごすしかなかった。下調べのたびに薬物を買い込み、この日のために準備を進めてきた。その我慢がようやく今日、実を結ぶのだ。

堤が取締官に目配せする。販売されているハーブやリキッドを収去し、鑑定にかける。既に事前の調査で包括指定された規制薬物が見つかっている。

指定薬物とは、「中枢神経系の興奮もしくは抑制または幻覚の作用を有する蓋然性が高く、かつ人の体に使用された場合に保健衛生上の危害が発生する恐れのあるもの」と定義されている。即ち、脱法ハーブや合法ドラッグと呼ばれる薬物が指定薬物と認められれば、行政指導により、差し押さえができるのだ。

店員は慌てることなく、カウンターの前に出てきて、店内の壁を指差した。店員が指したのは壁に掲げられたプレートだった。そこには大きな文字で注意事項という見出しが書かれていた。

「当店で取り扱いのハーブ、フレグランスパウダー、アロマリキッドはあくまでも香りを鑑賞する目的で販売されております。人体への摂取を目的とした販売はしておりません」

脱法ハーブ店が薬事法を逃れるための逃げ口上、言い訳が堂々と書かれている。

店員は悪びれることなく堤に言った。

「うちじゃ違法なものは販売してません」

店長からそう言うように言われているのだろうが、既に事前の調査でこの店から購入したハーブから麻薬認定されている物質α－PVPが検出されている。『モンスターレッド』と呼ばれるパッケージがそれだ。

これまでにも中毒者による事件が多発している。つい最近も中毒者が運転した車が事故を起こし、死者を出している。また、脱法ハーブを服用した男が幻覚を見て、異常行動を起こすという事件も起こっている。腹部に異物を入れられたと思い込み、包丁で自分の腹を切り、腸を引っ張り出した後、街中を歩き回る者、半裸で徘徊し、自らの大便を食べる者など常軌を逸した異常な事件だ。

堤が店員に厳しい眼差しで詰問する。

「モンスターレッドを置いているな」

店員が首を横に振った。

「とぼけるな。ここにあるのはわかっている」

堤が店員を横目に指示を出した。

「店にある商品はすべて調べさせてもらう」

取締官たちは待っていたとばかりに店の奥に入り、保管してある商品を次々にダンボールに詰めていった。

店にある商品全種類を集め終わると、堤が店員に告げた。

「店長はどこだ」

店員は不審な目で堤を睨んだ。

「滅多に店には来ませんよ」

こうしたヘッドショップの運営に暴力団は関与していない。もっぱら半グレと呼ばれる犯罪グループが関わっているケースが多い。この店員も恐らくバイトだ。犯罪意識などなく、高い時給に飛びついただけのただの売り子だ。

「検査結果で麻薬指定された物質が検出されたら、ここにある在庫はすべて押収させてもらう。店長にそう伝えておけ」

堤が店員に最後通牒を突きつけ、店を引き揚げた。

「次の店に行くぞ」

堤の指示で特捜チームは歌舞伎町界隈にあるヘッドショップ七店を回り、危険ドラッグと思しき薬物を二十種類以上収去した。だが、立入検査をした店舗の中で、最初の店『ハーブトライフル』の系列の二店舗だけは、本命の『モンスターレッド』が置かれていなかった。

立入検査を終えた堤が彩に質す。

「以前の調査では確かにあったんだな」

彩が頷く。実際に購入し、鑑定にかけて指定薬物のα－ＰＶＰが検出されている。鑑定結果は堤も確認している。

「つい先日までは店に置いてありました」

「だったら偶然とは思えんな」

堤の言う通り、考えられる可能性は、この立入検査を事前に知って商品を隠したということだ。

「ともかく、他の商品からα－ＰＶＰが検出されるかもしれん。今日のところはよしとしよう」

初の立入検査を終え、特捜チームは捜査車両に乗り込んだ。摘発に向けた第一歩は踏み出した。だが、彩はどこか煮え切らない思いで現場から引き揚げた。

2

七月一日、午前四時過ぎ。九段下(くだんした)の事務所に戻った特捜チームは、収去した薬物を鑑定課に持ち込んだ。ベテラン鑑定官の吉沢(よしざわ)がすぐに分析できるよう待機していた。

「待ってたわよ。どう？」

「かなりの量です」

吉沢は、取締官が運んできたダンボール七箱を見て腕を組んだ。

「ここから指定薬物が検出されればガサね」

彩が頷いてからダンボールを開け、パッケージの一つを取り出した。『モンスターレッド』は、内偵段階でもすべての店舗で発見された薬物だ。

「立入検査をした七店舗のうち五店舗から見つかっています」

「α－ＰＶＰね」

彩が頷く。α－ＰＶＰは覚せい剤と似た成分のカチノン系の化合物で、麻薬指定を受けている。収去した薬物から検出されれば麻薬及び向精神薬取締法、いわゆる麻向法が適用できる。

「他の二店舗は？」

「それが販売をやめたようです」

「おかしいわね」

吉沢の疑問に彩が頷く。

「立入検査の情報が事前に漏れていたのかもしれません」

「だって立入検査は抜き打ちでしょ。それよりも、α－PVPが麻薬指定されたことは公表されている」

麻薬指定を受けた物質は官報で公表される。だが、わざわざそれを見るだろうか。

「行政関係者ならともかく、犯罪組織が官報をチェックするでしょうか」

「可能性はゼロとは言えないわ」

吉沢の意見を無視できなかった。危険ドラッグメーカーは指定薬物の摘発から逃れるため、規制の動向を監視していてもおかしくない。実際、摘発を逃れるため、化学式の幹となる基本骨格は変えずに枝葉となる部分だけを変えて、新しい物質として規制を逃れているメーカーもあるという。背後には化学式を組み替え、新たな構造式を作り出せる化学の知識と技術をもったドラッグデザイナーが存在しているはずだ。そうなれば、規制薬物の取り締まりはイタチごっこだ。危険ドラッグを分析して指定薬物に認定しても、すぐに別の新たな物質が作り出される。正規に流通される新薬は製薬会社が莫大な開発費をつぎ込み、長い時間をかけて治験を重ね、安全性を検証して初めて世の中に流通する。だが、危険ドラッグは安全性など関係なく、構造式の組み換えだけで、次々に生み出される。これでは規制が追い付かない。

吉沢がダンボールからひとつずつパッケージを取り出しながら、ため息をついた。

「それにしても沢山あるわね。『レッドスター』、『パラダイスショック』、『サンダーボルト』、『雷神』、よくこんなにいくつも名前考えるわね」

吉沢の言う通り、名前だけではどんな効果があるかもわからない薬物が、さも合法のように売られている。パッケージに効能を書けば薬事法に違反する。あえて何も書かず、店員がそれとなく説明しているのだ。危険性を知らずファッション感覚で使う若者が増えるわけだ。

ダンボールから薬物を出して仕分けをしているところに、堤が入ってきた。

「遅くまですまん。部長への報告が長引いた」

吉沢が作業を中断して堤に首を振る。

「いえ、ずっとこれを待っていましたから」

これまで事前調査でも分析を重ね、危険ドラッグの毒性について調査を進めてきた吉沢にとっても、これが危険ドラッグとの戦いの始まりなのだ。

「ともかく超特急で分析します」

危険ドラッグの鑑定については、覚せい剤や大麻のように簡易チェックできる方法が確立されていない。ガスクロマトグラフィや赤外線吸収スペクトルなど様々な分析機器を駆使して、含有されている物質をひとつひとつ調べ、化学構造を導き出す。既に構造式が解明されている指定薬物に引っかかれば、摘発の対象となる。だが、新しい物質となると、物質の特定から始め、その危険性を判定するためのテストも必要となる。時間がかかるため、摘発にも時間を要するのだ。

「霧島、ここは鑑定課に任せよう。いったん引き揚げるぞ」

堤に促(うなが)され、彩は鑑定室を出た。

捜査課に戻ると、堤は彩に伝えた。

「今日はもう帰って休め」

「まだ大丈夫です」

「休むのも仕事のうちだ。先は長い。無理はするな」

堤の優しさにこれまでも助けられてきた。彩は素直に頷いた。

「では、お先に失礼します」

彩は堤にひと言断り、帰宅の準備をした。

危険ドラッグという新しい敵との戦いは、持久戦になりそうな気配だった。

3

午前九時半。

始発で帰ってから一時間だけ仮眠をとるつもりが、目が覚めると午前八時を回っていた。急いでシャワーと着替えをすませ、自宅を出たが、定時に間に合うはずもない。彩が九段下の事務所に顔を出した時、堤はすでにデスクについていた。

髪を手でセットし直してから堤のデスクの前に立った。

「おはようございます。今朝も早いですね」

堤は眠気を感じさせない表情で返した。

「昨日はご苦労。打ち合わせは十一時からだ。もう少しゆっくり来てもよかったんだぞ」

「いえ、それよりずっと事務所にいたんですか」

「いや近くのホテルで仮眠した」

あの時間からだと睡眠はせいぜい二時間程度だろう。

「随分とタフなんですね」

「そうでもない。ただ、吉沢は寝てないようだな」

「では、後ほど吉沢さんの慰労に行きます」

「そうだな。何か買っていってやれ」

堤はデスクの上の書類を手に取り、彩に差し出した。渡されたのは鑑定書だった。

「立入検査をした店舗のうち、五店舗での押収品からα‐PVPが検出された。これでガサ状が取れる」

彩は鑑定結果を見た。堤の言う通り、五店舗で見つかった『モンスターレッド』から、合成カチノン系の麻薬指定物質であるα‐PVPが検出されている。

「やはり二店舗は摘発を逃れたということですね」

堤は眉根（まゆね）を寄せて答えた。

「まだすべての薬物の鑑定が終わったわけじゃない。他の商品から指定薬物が検出されるかもしれん」

摘発を逃れた二店舗は同じ系列だ。事前に立入検査の情報が漏れていた可能性は否定できない。

「令状（フダ）が出たら、店舗の開店を待ってガサをかける。十一時からそのための準備の打ち合わせをする。大変だろうがここが正念場だ。頼むぞ」

堤に肩を叩かれ、彩は返事をして席を離れた。

捜査課のフロアから移動しようとした時、若い女性とすれ違った。高い身長に肩までの髪、見慣れない顔だが、姿勢がよく目が輝いている、女性が彩に気づいて頭を下げた。彩もお辞儀をした。新人だろうか。女性の少ない捜査課に配属されたらいいのに。そう思いながら、彩は鑑定課のフロアに向かった。


鑑定課の部屋に入ると、主任鑑定官の吉沢がテーブルに肘をついた恰好でテレビを見ていた。分析機器が休むことなく動いている。

彩は、吉沢が座る机の上に缶コーヒーを置いた。

「おはようございますっていうか、寝てないんですよね」

吉沢は眠そうな目で彩を見た。

「あら、ありがとう。たまに徹夜するとキツいわね。やっぱり年かしら」

吉沢はまだ三十代後半、見た目はもっと若い。

「まだまだ若いじゃないですか」

吉沢が疲れた顔で肩を回しながら言った。

「あら、そうでもないわよ。若い子が入ってくると自分が年取ったなって実感するものよ。あなたももう少ししたらわかるわよ」

吉沢に言われ、捜査課のフロアですれ違った若い女性の顔を思い浮かべた。

「新人が入るんですか」

「そうみたいね。捜査課にも何人か入るみたいよ」

やはりさっきの女性か。

「それより一足遅かったわね」

吉沢の視線がテレビ画面に向いた。大破した車が映し出されている。キャスターが読み上げるニュースを耳にして彩は画面にくぎ付けになった。

――本日未明、新宿区内で制御を失った車両が歩道に乗り上げ、歩行者を撥ねるという事故が発生しました。重傷者が一名病院に搬送された他、軽傷者が四名出ています。警察の調べで、運転手の男は脱法ハーブを使用していたことがわかっています。

脱法ハーブによる暴走事故は、今年六月にも池袋で発生しており、深刻な問題となっています。警察は取り締まりを強化するとともに危険な薬物への注意を呼び掛けています。

今年に入って同じような事故が何件も起きている。中でもキャスターが伝えた池袋の暴走事故は悲惨だった。脱法ハーブを服用した男が朦朧としたまま車を暴走させ、死傷者六名を出している。男は自動車運転処罰法違反の疑いで逮捕されたが、原因は合成カンナビノイド系の薬物であり、当時はまだ指定薬物として認められていなかった。この池袋の事故を契機に、危険ドラッグの撲滅が叫ばれ、今年七月に指定薬物の規制が強化された。

「ようやく取り締まりに乗り出そうとした矢先なのに、やってられないわね」

吉沢の言葉に、彩はため息をついた。

「薬物の取り締まりができていれば、被害は出ませんでした」

「これからが勝負よ。ともかく一刻も早い取り締まりが必要ね」

吉沢は体を起こし、パソコン画面に向かった。彩は吉沢の傍に寄り、気になっていたことを訊いた。

「収去した薬物ですが、α－ＰＶＰが検出されなかった店舗があったはずです」

吉沢が画面を見ながら答える。

「二店舗あったわ。今、他の薬物も調べているところ」

「どうですか」

吉沢が一瞬手を止めた。

「随分と巧妙ね」

吉沢は彩に目配せして、パソコン画面が見えるように椅子を移動させた。彩は吉沢の隣に移り、画面を見た。

「二つの店舗から収去したものからは、包括規制にひっかかる物質が含まれた薬物は見つかってないのよ。他の店舗で見つかったパッケージと同じ薬物も分析してみたけど、成分が微妙に違うの」

彩は画面のリストを見た。店舗と銘柄のリストから構造式を見比べると問題の二店舗だけが異なっている。

「どういうことですか」

「摘発を逃れるために構造式を微妙に変えているようね」

「そんなことできるんですか」

「化学の知識があれば割と簡単かもしれないわね。どうせ効果測定や安全性検査なんて無視してるんだろうから、どんな危険な薬物ができてるかなんてわからないでしょうけどね」

吉沢はマウスを動かして、薬物の分析結果を画面に表示した。

「例えばこの『ダブルファンタジー』っていうドラッグに含まれる成分だけど、麻薬指定されているMAM‐2201に似ているけど、実際は同じ合成カンナビノイド系の効果を強くした別の構造式に変えてある」

吉沢の言う通り、構造式の骨格は似ているが、いくつかの枝葉が変えられている。

「吉沢さんが言っていた通り、この二店舗の背後にはドラッグデザイナーがついている可能性があるわけですね」

吉沢が頷いた。

「このこと、堤さんには？」

「結果と一緒にメールで送っておくわ」

彩は腕時計を見た。まもなく打ち合わせの時間になる。

「すみません、これから打ち合わせなので行きます」

「わかった。何か見つかったらまた教えてあげるね」

吉沢の厚意に感謝した。

「よろしくお願いします」と返し、彩は鑑定室を出て会議室に向かった。

4

午前十一時。堤率いる特捜チームの打ち合わせが始まった。

部長の黒木が中央のテーブルに座り、隣に堤、その横に若い女性が並んでいる。さっき見かけた背の高い女性だ。表情がやや硬い。やはり新人のようだ。彩は久しぶりに心が躍った。

メンバーが揃ったところで、堤が黒木に目で合図を送った。黒木が立ち上がり全員を見回して切り出す。

「深夜の業務ご苦労だった。改正薬事法施行の初日ということで、無理をしてもらったおかげで、これまでできなかった危険ドラッグ店に立入検査ができた。鑑定課の協力で麻薬指定された薬物も見つかっており、早速、成果を挙げることができた。大きな第一歩だ」

黒木の言葉にメンバーの表情にも高揚感が広がる。だが次の瞬間、黒木は表情を厳しくした。

「だが、残念ながら今朝のニュースでも流れた通り、危険ドラッグによる新たな被害が出ている。今年初めの香川での暴走事故、天神、池袋でも同じような暴走事故で死傷者が出ている。いずれも危険ドラッグが原因だ。これを受けて都知事や厚労省上層部からは、危険ドラッグの取り締まりが急務だとはっぱをかけられている。今回の法改正はまさにこの事態への対処であり、我々マトリへの期待は大きく、責任は重い」

黒木の言葉に身が引き締まる思いだった。黒木はさらに先を続ける。

「具体的な捜査方針は堤課長に任せるが、今後は人員を増やし、捜査体制を強化する。早速一人、チームに新人を投入することにした。辰巳君、自己紹介を」

黒木の視線が若い女性に向いた、辰巳と呼ばれた女性が立ち上がる。

「特捜チームに配属された辰巳直です、よろしくお願いします」

恭しく頭を下げる女性の顔を見た。辰巳という名前、そしてあの眼差し。どことなく面影がなくもない。

黒木が補足する。

「辰巳君は、以前捜査課にいた辰巳主任の娘さんだ。薬学部を卒業後、父親の意志を継いでマトリの道を選んだ」

やはりそうだった。かつて捜査課にいたベテラン取締官の辰巳の娘だ。薬学部卒業ということは、大学に六年間いて、卒業したばかり。だとすれば二十四歳、彩の五つ下で同じ技官ということになる。今年副主任に昇格した彩にとって、初めての女性の後輩だ。

「辰巳君は霧島と組んでもらう。霧島、いいな」

彩は返事をして、辰巳に視線を向けた。辰巳は頭を下げた。その仕草や眼差しを見ながら父親を思い出した。

堤が黒木の後に続いて、捜査方針に言及した。

「本日の捜査だが、チームを二つに分ける。立入検査で指定薬物が検出された店舗には、ガサをかける。同時に新たな店舗への立入検査も実施する。実態の解明を進めるチームと、薬物を押収、廃業に追い込むチーム。二つのチームが両輪となって危険ドラッグ店の撲滅を目指す」

堤の方針に同意しながらも、彩は吉沢から指摘されたドラッグデザイナーの件が気になっていた。

堤が先を続ける。

「今話したのは捜査の第一段階だ。店舗運営には主に半グレ組織が関与している。店員の逮捕、取り調べで組織の特定、さらに密造工場を突き止め、危険ドラッグを元から根絶する。人員が確保でき次第、エリアを広げて虱潰しにあたっていく」

堤が一通り話し終えると、彩が手を挙げた。

「なんだ、霧島」

彩が立ち上がり、堤に質問した。

「立入検査をした店舗のうち、同じ系列の二店舗で指定薬物が見つかりませんでした。いずれも事前の調査では検出された薬物が撤去されています。おそらく立入検査の情報を知り、商品の取り扱いをやめたものと思われます」

堤の表情が厳しくなった。

「その情報は鑑定課からも聞いている。裏で取り締まりの情報に通じたドラッグデザイナーが暗躍している可能性がある」

どうやら吉沢の情報はすでに堤の耳にも届いているようだ。

「霧島は行動を別にして、謎のドラッグデザイナーの正体を突き止めろ」

突然の指示に彩は動揺した。

「私がですか」

「辰巳と一緒にやれ」

新人と二人でそんな重要な仕事をやれとは。だが、堤の目は真剣だった。

「人員は追々補充する。まずは問題の店舗の実態調査からだ」

堤に重い役割を与えられた彩は、やや戸惑いながらも返事をして着席した。

その後、堤はチーム編成を伝え、捜査開始の時刻を午後五時と決めた。それまでは待機と命じて打ち合わせは終了した。

会議が終わり、席を立とうとした時、堤から呼ばれた。隣には辰巳直が座っている。彩は堤と辰巳に向き合うように座った。堤が話を切り出す。

「例の二店舗について調べた。店を運営しているのは紅龍（レッドドラゴン）だ」

危険ドラッグに半グレが関わっているというのはわかっていたが、具体的な名前を聞いたのは初めてだった。

「紅龍は中国残留孤児の二世、三世が作ったストリートギャングだ。暴対法適用外の集団だが、殺人、強盗、シャブもやる。実態はヤクザと同じで、一部の幹部はヤクザや中国マフィアとの付き合いもある」

「そんな連中がなぜ危険ドラッグを？」

「脱法ハーブは単価が安いうえに、店舗販売が主体だ。ヤクザは手を出せない。店舗で堂々と売れるのは、暴対法とは関係のない半グレだからだ」

「奴らの裏にいるドラッグデザイナーとは？」

「わからん。それを調べるのがおまえの仕事だ」

堤の無茶振りに彩は目を細めた。

「他に何か手はないのですか。ドラッグデザイナーを突き止めても、規制を逃れられては取り締まりようがありません」

　堤が神妙な表情で応える。

「実はそのために本省から参事官が来ることになった」

「参事官？」

「そうだ。本省で薬事行政に長く携わっている行政官だ。危険ドラッグ対策の政策提言もしていたエキスパートだ」

　どんな人物か気になるが、いずれ会えるのであればそれまで待とう。彩が返事をすると、堤が辰巳に視線を移した。

「初めての任務でいきなり特捜というのも大変だろうが、霧島に色々と教えてもらえ」

　辰巳が恭しく頭を下げて彩を見た。

「父から霧島さんは優秀な取締官だと聞いています。ご指導よろしくお願いします」

「こちらこそよろしくね」

　彩は辰巳に手を差し出した。辰巳が握り返す。がっちりした手だ、父に似て頼りになりそうな感触を得た。

「お父さんは元気にしてる？」

「はい。隠居するには早いと、毎日、退屈そうにしています」

「近いうちにお邪魔するわ」

「ぜひ。父が喜びます」

堤が横から口を挟んだ。

「霧島、くれぐれも悪いことは教えるなよ」

堤の的外れな助言に彩はむっとした。

「どういう意味ですか」

「そういう意味だ。辰巳には霧島が暴走しないか監視してもらう」

辰巳が苦笑いを浮かべ、「了解です」と答える。

「いや、そこ真面目に答えなくてもいいから」

彩の突っ込みに堤が言い返す。

「俺は真面目に言っている」

堤の口調に彩は拗ねた顔を見せた。

「まあ、ともかく無茶はするな。相手は半グレといえど犯罪者集団だ。危険を感じたらすぐに捜査を中止しろ」

いつもの堤の心配症が始まった。

「いいな、霧島」

念を押すような堤の命令に彩は渋々返事をした。

打ち合わせを終えて、彩は辰巳を連れて会議室を出た。

「夕方までに捜査の準備に取り掛かる。その前に腹ごしらえね。何か食べたいものある？」

辰巳が急に目を輝かせながら返した。

「近くにラーメン屋を見つけたんです。そこのスタミナねぎラーメンが絶品なんです」

スタミナねぎラーメン。まさか、こいつ体育会系か。

「――いいわね。ところであなた何かスポーツやってたの」

辰巳が腹に力を込めた声で答える。

「はい。小学校から柔道一筋です」

――やっぱ体育会系か。

「行きましょう。結構並ぶんですよ、スタミナねぎラーメン」

「はいはい、スタミナね。必要よね、スタミナ」

彩はややテンションを落としながら、先を歩く辰巳についていった。

5

午後五時。彩は他のチームの捜査車両に同乗し、歌舞伎町に向かった。

ガサ状が出ている店は別のチームに任せる。彩が狙うのはハーブトライフル系列の二店舗。吉沢に確認したが、同じ店から収去した薬物からは、やはり指定薬物は検出されなかった。明らかに指定薬物の網を潜り抜けている。

歌舞伎町一丁目で車を降りた。辰巳とともにハーブトライフル一号店を目指す。歌舞伎町一番街を歩き、脇道に入る。メインストリートから少し離れた場所に目立つ看板を見つけた。

店に入る前に辰巳に注意を促す。

「これからやるのは立入検査。行政指導で捜査じゃない。収去した薬物とは違う新しいパッケージがあれば、新たに収去する。私は店員に話を聞くから、あなたは店にある商品のパッケージの写真を撮って」

辰巳が緊張した眼差しを向けた。すでに薬物は一覧にしてタブレットに記録してある。

「じゃあ行くわよ」

「はい」

店内に入り、壁を見る。相変わらず派手なパッケージが並んでいた。ぱっと見、ラインナップは変わらないが、ひとつずつ見比べなければならない。

辰巳に目で合図する。辰巳は持っていたスマホで撮影を始めた。店員が気づいて、店内を歩く。立入検査の時にいたバイト風の店員ではない。もしかすると、立入検査を察知して店長が出てきたのかもしれない。

派手な柄のシャツに角刈りの二十代後半と思しき男が、辰巳の横に立ち、声をかけた。

「店ん中で勝手にパシャパシャ撮らないでくれませんかね。冷やかしだったら出てってくださいよ」

辰巳はスマホをポケットに入れて男を睨む。男が低い声で辰巳を睨み返した。

「んだよ、なんか文句あんのか」

「それ以上近づくと公務執行妨害になるわよ」

辰巳が男に言い返す。彩は嫌な予感がして、男の傍に近づこうとした。その時だった。

男が辰巳の肩に手を触れようとした瞬間、突然男が宙を舞い、床に倒れた。見事な一本背負い。思わず「一本！」と叫びたくなった。

「ってえな。てめえ、何すんだ」

男が体を起こそうとするところを辰巳は腕を取り、袈裟固めを決めた。

「あらあ、やっちゃったわね」

彩はあきれながら辰巳に近づいた。

「そのへんでやめといたら」

辰巳は袈裟固めを解いて、立ち上がった。

男が腕を押さえながら、立ち上がり、辰巳をねめつける。

「あんたいきなり何すんだよ」

その時、店の奥から別の男が現れた。

「お嬢ちゃん、ここは柔道場じゃないんだぜ。営業妨害はやめてくんねえか」

黒いスーツに赤いネクタイが目立つ。乱れた髪はくすんだグレーで、薄いグレーのサングラスをかけている。男が辰巳と店員の間に入る。

「鬼束さん」

店員がサングラスの男にそういうと、男は辰巳から離れた。鬼束と呼ばれた男の目が辰巳に向いた。

「いくら客だからって、俺の店で暴れるのは勘弁してほしいねえ」

彩が鬼束の前に立ち、声をかけた。

「失礼しました。あなたが店長ですか」

鬼束が彩に視線を移した。

「これはきれいなお姉さん。あんた柔道のねーちゃんの先輩か？　俺は店長じゃねえ。店長はあいつだよ」

鬼束がもう一人の男を指差した。

「だったらあなたは――」

「俺か、この店のオーナーだよ。ほい」

鬼束はポケットから名刺を取り出して彩に渡した。名刺には、名前と携帯番号しか書かれていない。

鬼束龍一（りゅういち）　090-0261-××××

「龍ちゃんって呼んでもいいぜ」

にやけ顔で話す鬼束はサングラスを外して、彩に顔を近づけた。目の周（まわ）りがクマで黒ずんでいたが、眼光は鋭い。彩は一歩後ろに下がり、距離を取った。

「怖がんなくてもいいよ。別にとって食おうってんじゃねえ。あんたらマトリだろ。知ってんだぜ」

鬼束は薄ら笑いを浮かべ彩を見た。思わず身構える。

「俺は名刺を渡したんだ。あんたらの名刺もくれよ。俺に色々聞きたいことがあるんだろう。なんでも教えてやるよ」

鬼束は顎を上げながら手を差し出す。彩は仕方なくかばんから名刺入れを出して、鬼束に一枚渡した。鬼束は名刺をつまむように手に取り、目の前に掲げた。

「ほう、霧島彩さんか。じゃあ、彩ちゃんでいいな」

「気安く呼ばないでくれる」

「威勢がいいなあ。俺のタイプだ。ただし、ちょいと向こう見ずが過ぎるな。ここに何しに来た？」

鬼束の挑戦的な視線を避けながら、彩が答える。

「立入検査よ」

「だったら時間の無駄だよ。この店には違法なものなんて一個もねえ。あんたらもわかってんだろう」

「『モンスターレッド』、三日前まではこの店にあったわ。なぜ今は置いていないの」

鬼束が口角を上げて答える。

「俺たちはこれでもきちんと商売しようって思ってんだ。だからちゃあんとお役所のことも調べてる。あれは先生から指定薬物だって教えてもらったんで、扱いをやめたんだ」

「先生？　誰のこと？」

鬼束が頷きながら、答える。

「世の中にはどんな分野にも専門家がいる、あんたらは薬と法律の専門家だろうが、それは表の世界でだ。こっちにも薬と法律の専門家はいる」

「あなたが雇っているドラッグデザイナーね」

鬼束が親指を立てて横に振る。

「薬物と法律のコンサルタントだよ。先生はお役人ともお友達だから、情報もちゃんと入ってくる」

役人と友達。つまり行政関係者との接点があるということか。

「高い料金払ってるんだ。それもこれも遵法精神ってやつだ」

そもそもこの店自体が違法性が高いのだ。この男はそれをわかってやっている。より悪質な業者といえる。

「どんなに規制を逃れても、危険な薬物であることに変わりはないわ。犠牲者がたくさん出ているのよ。取り締まりからは逃れられないわ。もし本当に商売だというなら早く手を引いたほうがいいわよ」

鬼束は鼻を鳴らして言い返した。

「これはこれは、ありがたいご忠告をどうも。だけどあんたは自分たちの状況がわかっていないようだな。あんたたちは法律の犬だ。法律がなければ動けない。つまり俺たちを裁けないってことだ。なぜなら——」

鬼束が彩に顔を近づけて睨む。

「俺はルールを知っている。あんたたちは法律に則って取り締まっていると思っているようだが、法律に縛られているのはあんたたちだ」

彩は鬼束から顔を背けた。

「私たちは犬じゃない。被害者を出さないために危険な薬物を取り締まっているだけよ」

鬼束が顔を傾け、口元を緩めた。

「この国は民主主義で自由主義だぜ。あんたたちが取り締まるのは勝手だが、俺たち市民の自由までは取り締まれない。危険かどうかわからないまま、どうやって取り締まるんだ。そんなこととしてみろ、この国の自由と民主主義が死ぬぜ。薬ってのはもともとは毒だ。毒と薬は紙一重。俺が売ってるのが毒だったら、巷の薬はぜんぶ毒になっちまう」

「ここにあるのはすべて毒です」

突然、辰巳が鬼束に向かって叫んだ。鬼束の顔が辰巳に向いた。

「そうか、お嬢ちゃん。なら、その毒性を証明してくれよ。ただし、動物実験なんてやめてくれよな。ここにあるのは全部飲むもんじゃねえんだ。ほら」

鬼束は注意書きを見ながら顎をしゃくった。

「ルールを作ったのはあんたたちだぜ。俺たちはそのルールに従っているだけさ」

勝ち誇ったような鬼束の口調に、辰巳はそれ以上何も言えずにいた。彩はここが潮時だと感じた。

「今日のところは出直します」

辰巳が彩に視線を向けた。だが、彩はそれを無視して辰巳の背中を押して、店の出口に向かった。背中越しに鬼束の声が聞こえた。

「またなあ、マトリのお嬢さん」

彩はその声を無視して、店を出ようとした。ちょうど入れ替わりに若い女性が店に入ってきた。長い髪に白いワンピース。高校生くらいだろうか。彩は思わず引き止めたい衝動にかられた。

――あなたが買おうとしているのは危険な毒よ。

そう念を込めて少女を見つめた。だが声に出せなかった。少女と一瞬だけ目が合った。少女はすぐに視線を逸らせ、店に入っていった。

店を出るとすぐに辰巳が彩に訊いた。

「なんでブツを押収できないんですか」

「今の段階では、あの鬼束という男の言う通りよ」

「でも薬事法の改正で危険ドラッグは包括指定されています。店にあった『ダブルモンスター』という薬物は、指定された『モンスターレッド』の構造式を骨格にした薬物です。それなら包括指定として取り締まりの対象になるんじゃないですか」

辰巳の考えは、素人が陥りがちな『類似物質規制』と呼ばれるものだ。『類似物質規制』は、薬物関係法に記載されていなくても同じような効果があれば、類似物質として最終的に裁判で同等の薬物として認められるとするものだ。だが、それはアメリカでの判例で、日本では事情が違う。日本では罪刑法定主義、つまり対象の物質を曖昧にしたまま処罰することは禁止されている。

「日本の法体系では無理なのよ。原則として法令に定められていない罪を裁くことは自由主義、民主主義の観点からも認められない。厚労省の職員として必要な知識よ。薬学だけじゃなくて法律もよく勉強しておきなさい」

薬学部出身の辰巳は、まだ法律的な知識に疎いのだろう。辰巳は納得できない顔でいるが、行政官としてだけでなく、司法捜査員として今後捜査をするにあたり、刑法や刑事訴訟法などは必須の知識だ。

「それと、いくら強いからって、一般人を投げ飛ばしちゃだめよ」

「つい反射的に体が動いて」

彩が厳しい顔を向けた。

「腕っぷしが強いのはいいことだけど、行政官としての自覚を持ちなさい」

辰巳は頭を下げて謝罪した。これでは暴走を止めるどころか、こちらがストッパーにならないといけないようだ。まさか、堤はそこまで考えて辰巳を下につけたのだろうか。

「これからどうしましょう」

辰巳に訊かれ、彩は迷った。すぐに鬼東の店に対して何かができるわけではない。だが、このまま手をこまねいているわけにもいかない。謎のコンサルタントにつながる情報を見つけなければ、次の手が打てない。

「ともかく、もう一つの店舗の立入検査もやりましょう。結果は同じかもしれないけど、何か手掛かりがあるかもしれない。そのうえで、一度事務所に戻って対策を考えましょう」

彩はハーブトライフルの二号店に足を向けた。歌舞伎町を歩きながら行き交う若者に目が向く。すべての若者に危険ドラッグのリスクが付きまとう。

ふと、さっき店に入っていった少女の顔が脳裏に浮かんだ。新たな犠牲者にならないでほしい。そう願いながらも、堂々と危険な薬物が売られている現状にもどかしさを感じていた。

6

まもなく日付が変わろうとする午前零時五分前。店舗の立入検査が思いのほか長引き、彩は新宿から事務所がある九段下までタクシーで引き上げた。デスクについて事務処理をしている時、着信があった。関東医科大学付属病院の精神科医、酒井だった。酒井は、彩の父・優が関東医科大学の教授だったころの教え子だ。時々、薬物中毒者の入院や治療で世話になることがある。

電話に出ると酒井が唐突に訊いた。

「ちょっと相談があるんだが」

「ちょっと、今、何時だと思ってんの？」

「どうせまだ仕事しているんだろう」

人を何だと思っているんだ、それに仕事中ならなおさら無理だ。思わず電話を切ろうとしたが、わざわざ深夜、それも仕事中とわかっていながら連絡をしてきたのには訳があるはずだ。

「とりあえず話だけは聞くわ」

「さっき急患が入ってきたんだ。高校生ぐらいの女の子なんだけど、急性薬物中毒で意識障害があった」

やはり薬物絡みのようだ。今朝の暴走事故のニュースを思い出して、嫌な予感がした。

「容態は？」

「脱法ハーブを使ったらこんなことになった。だから店のオーナーを逮捕してくれって」

「逮捕してくれって、どういうこと？」

「それが、言動が支離滅裂で――」

これまで薬物中毒者は何人も見てきたが、わざわざ脱法行為をして、店のオーナーを逮捕しろというのは珍しい。いや、脱法行為とわからずやっているのかもしれないが。

「警察には？」

「まだ話していない。彼女、マトリを呼べって言うからさ」

マトリを呼べだと。普通は警察じゃないのか。

「あのさ、キャバクラじゃないんだから、指名されてもねえ」

「やっぱり警察に連絡したほうがいいか」

そう言われ、彩は一瞬逡巡した。わざわざ指名するとは、何か事情があるのかもしれない。

「わかった。今から行ってもいい？」

「サンキュー、待ってるよ」

彩は酒井から病棟を聞いて、電話を切った。

堤たちはまだ事務所に戻ってきていない。立入検査の報告は電話ですませてある。収去した薬物も鑑定課に渡している。今日はもう引き揚げてもいいだろう。

彩はデスクに座っている辰巳に声をかけた。

「今日はもうあがりましょう」

辰巳が顔を上げて訊いた。

「今の電話、誰からですか」

どうやら酒井とのやり取りを聞いていたようだ。

「まあ、ちょっとね」

「逮捕とか、警察とか言ってましたよね」

会話の内容まで聞かれていたか。席を外すべきだった、いや、隠すような話でもない。

彩は酒井からの電話の内容を手短に話した。

「だったら、私も行きます」

「あなたはいいわ。仕事ってほどのことでもないし」

「でも、相手は薬物中毒者なんですよね」

「まあ、そうらしいけど」

「事件と関係しているかもしれません」

「そこまで深刻でもないかもしれないけど。まあ、いいわ。じゃあ一緒に行く？」

辰巳が即座に頷く。

気が進まないながらも、彩は断り切れず、辰巳を連れて事務所を出た。


午前零時三十分。彩は辰巳と一緒に、関東医科大学病院がある新宿までタクシーで向かった。

深夜を走るタクシーの中で、彩は、終始、胸騒ぎがしていた。あの病院には少なからず因縁がある。父がかつて教授をしており、急死した場所。そして弟もあの大学に通い、急性薬物中毒で死んだ。更に母も心を患い、病院で自殺。関東医科大学病院は、彩にとって家族との別れの場所であり、人生の悲劇が詰まった場所なのだ。

死の香が漂う病院にはなるべく近づきたくない。だが、彩には誓いがあった。家族を不幸にした薬物と戦う。そして少しでもこの世から不幸を失くす。家族の死を乗り越えるためにも逃げたくない。酒井に呼ばれたから行くのではない。薬物との戦いに負けたくないのだ。

「霧島さん、顔色悪いけど大丈夫ですか」

隣に座る辰巳が心配そうに彩を見た。不安が辰巳に伝わってしまったようだ。彩はわざと笑顔を作って答えた。

「昨日あんまり寝てないからね。でも大丈夫よ」

強がっているのは辰巳にも伝わるだろう。でも仕方がない。病院に行くと出る発作のようなものだ。

タクシーは関東医科大学病院の救急外来の前で止まった。彩は辰巳を連れて、まっすぐ病棟に向かった。途中、酒井に電話をして、病室で落ち合うことにした。

「深夜の病院って、なんだか怖いですね」

腕っぷしが強いわりに、怖がりか。彩は辰巳に顔を向け、人差し指を口の前に立て黙らせた。

病棟のナースステーションにいた看護師に声をかけた。来意を告げると、看護師は病室に案内し、酒井に連絡を取ると言って病室を出て行った。

彩がベッドの脇に近づいた。病衣を着た少女が静かに寝息を立てて眠っている。点滴につながれ、心肺モニターをつけられているが、容態は落ち着いているようだ。少女の顔に見覚えがある。

「霧島さん、この子——」

辰巳も気づいたようだ。さっき歌舞伎町で立入検査をしたときにすれ違った少女だ。

彩は少女の腕を取り、手首につけているタグを見た。

新田真理　ニッタマリ　十八歳

その時、少女の手が動いた。目を覚ましたようだ。虚ろな目で彩を見つめる。

「気がついた？」

「あなた誰？」

「あなたの主治医に呼ばれたの。麻薬取締官よ」

真理はしばらく彩を見つめていた。

「あなたが霧島彩？」

なぜ名前を知っている。まさか酒井が教えたのか。

「私の名前をどこで？」

「店のオーナーから聞いたわ」

咄嗟に顔と名前が浮かんだ。

「鬼束龍一」

「そうよ。私、あの店の常連なの」

「オーナーから名刺を見せられたのね」

真理が頷く。

「もうあの店には行かないほうがいいわ。薬の怖さがわかったでしょ」

「副作用があんなに強いと思わなかった。あれは完全に失敗作ね」

こんな目に遭っても懲りていないのか。それに失敗作って何のことだ。この少女は、いったい何者なのだ。

「逮捕してって言ったそうね」

真理が即答する。

「そうよ。あの店の店長とオーナーをね」

「どういうこと？」

「あなたたち、あの店を摘発しようとしているんでしょ」

「そうだけど――」

質問の意図を測りかねる彩に、真理は挑戦的な視線を向けた。

「あなたたちがあの店を取り締まれない理由は知っているわ」

薬物の取り締まりについて知識があるのだろうか。それとも単に彩たちを翻弄したいだけか。そもそもなぜ自分たちを呼んだのか、彩の頭の中に疑問符がいくつも浮かんだ。

「どうして店長とオーナーを逮捕してほしいの」

真理は悪びれることなく答えた。

「逮捕するには理由が必要でしょ。私はあの店で薬を買った。それを服用した結果がこれよ」

真理が点滴につながれた腕を上げて見せた。

「まさか、あなた、薬の効果を確かめるために服用したの？」

真理が腕を下ろして話を続けた。

「ダウナー系の深い静寂と安寧が欲しかったの。だからわざわざ頼んで創ってくれるようお願いしたの。あの店だったら契約しているデザイナーがいるし、それなりに薬について詳しいと思ったしね。でも――」

真理が眉根を寄せる。

「あれはダメよ。強すぎて呼吸が苦しくなるし、意識まで失くしちゃったじゃない。本当、最低ね。あのオーナーがレシピを書き換えたか、デザイナーに頼まず自分で配合したのよ。

どうせ余っている薬物を混ぜて適当にブレンドしたんだわ。奴らは金儲けのことばっかり。儲けのためなら客のリクエストなんて無視。どうしようもない粗悪品を生み出すクズね。あの薬は最低最悪の失敗作よ。それでも奴らは取り締まりができないと知っているから売り続けるわ。そんな粗悪品が巷にはたくさん出回ってる。それを取り締まるのがあなたの仕事でしょ」

真理の言い分はわかったが、これではただのクレーマーと変わらない。そもそもイリーガルな薬物にクレームをつけることが間違っている。

彩は真理を睨んで、諭すように言い聞かせた。

「そこまで知っているのならあの薬がどれだけ危険かわかっているはずでしょ。正規に流通していない以上、安全性も薬効も曖昧な物質だってこと、わかるはずよ」

「だったら早く取り締まりなさいよ」

「取り締まりには手続きが必要で、時間がかかるの。すべての薬品を分析して毒性を評価したうえで、法的な手続きをとらないと――」

「言い訳はやめて」

真理が話を遮（さえぎ）るように叫んだ。

「私が自分で人体実験したのよ。私はあの店のテスターなの。失敗作は許せないわ。あの薬はぜんぜん美しくなかった。欠陥だらけのドラッグね。やつらは粗悪品を平気で作り出す。粗悪品が増えれば、馬鹿な連中が事件を起こして、信用が落ちる。これじゃあ完璧なドラッグなんて創り出せないわ」

　ようやく少女の正体がわかった。テスター。それは新しい薬物を作った際に薬効を評価する味見役だ。だが、安全性の検証なしに自ら試すのは危険が伴う。

「そんな仕事すぐにやめなさい。危険な行為だってわかるでしょ。何が完璧なドラッグよ、あれは毒よ」

　彩の説教を無視するように、真理は不敵な笑みを浮かべながら言い返した。

「薬と毒は紙一重。薬の進化は毒性の犠牲のうえに成り立っている。どうせ人間は、いつか死ぬのよ。せめて死ぬまでの間は夢を見ていたい。私にとってあのドラッグは、この世の闇、悪夢を消すための薬よ。あのオーナーはクズだけど、薬に対する考え方は近いの。それに、すべてのデザイナーがクズではないわ。中には志の高い人もいる。そんなデザイナーがやろうとしているのは、腐った世の中に腐った正義をふりかざそうとする偽善者たちへの宣戦布告よ。ドラッグに救われている人は結構いるのよ」

　真理の言葉に、彩は危険を感じた。短絡的な発想は年頃だからか。思春期に薬物に嵌る見本を見ているようだ。

「薬による犠牲者がたくさん出ている。取り締まりが強化されれば、薬はなくなるわ」

「そうね、粗悪品は早く取り締まるべきね」

どうやら真理はまだわかっていないようだ。彩は腕を組んで、強い口調で真理を窘める。

「何度言ったらわかるの。誰が何を作ろうが、正規の手続きなしに売られているものは、医薬品ではないの。あれは危険な毒物なのよ」

「あなたも他の大人たちと同じね」

大人たちへの反抗心。それが薬物に手を出した動機か。

「何が言いたいの？」

真理は口角を上げて、彩を見た。

「私はあなたたちに協力したいって言っているのよ」

彩が言い返そうとしたとき、病室の扉が開いた。ようやく酒井が現れた。

「遅くなってごめん。急患が入ってしまって——」

彩が酒井を睨んだ。

「ほんと、遅過ぎよ」

酒井が彩と真理に視線を向ける。

「落ち着いているようだね」

彩がベッドに視線を戻すと、真理は顔を背け横になっていた。彩はそれ以上話をすることなく、酒井と辰巳を病室の外に出した。

病院の談話室に入り、彩は酒井を睨んで訊いた。

「あの子、いったい何なのよ」

酒井は、興奮する彩を宥めるようにやんわりと言い返した。

「まあ、落ち着いて。お互い顔見知りだったんだろう」

「顔見知りなんかじゃないわよ」

「だって、随分と親しげに話してたじゃないか」

酒井は部屋に入ったときの会話を聞いていたようだが、あれがどうやったら親しげに見えるのだ。

「あのね、私たちも忙しいのよ。病院の面倒に付き合わせないでくれる」

酒井が困った顔をしていると、横から辰巳が口を挟んだ。

「でも、あの子、危険ドラッグのテスターだって言っていましたよね」

酒井が彩に目で訴える。そういえばまだ辰巳を紹介していなかった。

「後輩の取締官よ」

辰巳が酒井に頭を下げて、自己紹介する。

「辰巳直と申します」

「この病院の精神科医の酒井です。たまに霧島さんのお手伝いをすることがあって」

彩が酒井を無言で睨む。酒井が慌てて言いなおす。

「いや、相談にのってもらおうと思って」

辰巳が、彩と酒井の顔を見比べながら、とぼけた声で酒井に訊いた。

「もしかして、霧島さんの彼氏さんですか」

彩は思わず辰巳を睨んだ。

「ちょっと、何ばかなこと言ってんのよ」

彩は全力で否定したが、酒井はにやついた顔で黙っている。

「酒井さんもちゃんと否定してよ」

「あ、いや、まあ、付き合ってるわけじゃないんだけど」

「何その言い方。変な誤解を受けるでしょ。ただの知り合いよ」

辰巳が苦笑いを見せる。彩はそれ以上取り合わず、話を変えた。

「それはともかく、あの真理って子、かなり危ないわね。薬物に対する認識が甘いっていうか、あんな目に遭ったのに危険を感じてないような」

酒井が頷きながら返す。

「そうなんだよ。どんな薬かもわからず口にするっていうのは、ちょっと普通じゃない。もちろん、危険ドラッグで命を落とす患者は、概ねそんなもんだけど」

「でも薬物に対する知識は思ったよりもあるのよ。素性を調べてみるわ。あの子の情報をもらえない?」

酒井が困った顔で腕組みした。

「さすがに患者の情報は――。正式な手続きを取らないと無理だな」

「わざわざ深夜に呼び出したくせにそんなつれないこと言うの」

酒井はますます困った顔をした。

「あの子を協力者にできませんか」

辰巳が突然話に割り込んだ。彩は辰巳に厳しい表情を向ける。

「相手はまだ十八歳の少女よ。危険すぎる」

「でも、彼女が話していたドラッグデザイナーって、例のコンサルタントのことじゃないですか」

言われてみればそうかもしれない。そう考えると、真理が手掛かりをもっているかもしれない。

「まあ、任意で聴取くらいはしたほうがいいわね。ともかく、もう遅いから、いったん引き揚げましょう」

彩は酒井に顔を向けた。

「午前中、改めて来るから、それまでしっかりあの子を監視してね」

酒井が渋い顔で言い返す。

「いや、こっちの仕事は、監視じゃなくて治療なんだけど」

彩は眉根を寄せて酒井を睨んだ。

「病院には患者の保護責任があるでしょう。だいたい呼び出したのはそっちでしょ。つべこべ言わずにお願いしますね、酒井先生」

彩は酒井の返事を待たずに、辰巳に、行くわよと伝え、立ち上がった。そのまま酒井を残し、談話室を後にした。

後ろから追いかけてくる辰巳を振り切るように歩みを速める。

――ったく、なんで私が酒井さんと。

苛立ち(いらだ)が収まらないまま、彩は辰巳から逃げるように病院の廊下を歩いた。

第二章　カリスマ

1

七月二日、午前八時半。彩がいつも通り事務所に着くと、取締官たちが色めき立っていた。彩はその輪の中に入り、チームの若手の脇（わき）に訊いた。

「どうしたの？」

「昨日の取り調べで密造工場がわかったんです。これで一気に供給源を叩けますよ」

昨夜のガサで逮捕された店員が自白（うた）ったのだろう。どうやら、他のチームが目に見える成果を挙げたようだ。それに比べてこっちは店のオーナーに好き勝手言われた挙句、少女に弄（もてあそ）ばれ、どうにもさえない。

「さすが堤課長、取り調べの腕はピカイチですね」

脇が言う通り、堤は取り調べが上手い。堤の取り調べで、何度も規制薬物の密売ルートを突き止めたことがある。彩が脇に訊いた。

「密造工場のネタを自白ったのは誰？」

「昨日ガサをかけた店舗のオーナーです。城東連合っていう半グレ集団の幹部でした」

やはり半グレか。危険ドラッグの販売に暴力団は関与していない。危険ドラッグは覚せい剤に比べ単価が低く、暴力団にとってはうまみが薄い。脱法ハーブのように安い商品はしのぎにならないのだ。加えて、暴力団にとって、危険ドラッグの類は子供のおもちゃという感覚があるらしい。危険ドラッグを取り扱う半グレは違法行為という意識がなく、アルバイト感覚で店員をやっているというのが捜査関係者の共通認識だ。

彩が席に着くと、堤が捜査課のフロアに入ってきた。

「全員、会議室に集合だ」

堤の号令で取締官が一斉に動き出した。

午前八時五十分。会議室には堤率いる特捜チーム十二名が集まった。人員が増強され、危険ドラッグに対する取り締まり強化が部内でも進められていた。

堤が取締官たちの前に立ち、都内の地図を前に取締官たちを見渡した。地図にはシールが貼られ、事前調査で判明している店舗がマークされている。そのうち、新宿エリアの五店舗が黒く塗りつぶされていた。

「昨日はご苦労だった。ガサを入れた歌舞伎町周辺の五店舗を摘発、店員を指定薬物販売容疑で逮捕した。だが、これはまだ始まりに過ぎない。都内にはまだ五十近い店舗があり、全国では二百に上る店がある。この店舗の一斉検挙が目的だ」

堤は手持ちのファイルに目を向けて、先を続けた。

「昨夜取り調べをした店舗のオーナーは城東連合のメンバー鳥飼勝、三十一歳。仲間とともに危険ドラッグ店を三店舗運営している。この男を調べ上げ、脱法ハーブ供給元を突き止めた」

堤は地図中の練馬区のある一か所を指差した。

「鳥飼の店にドラッグを供給していたのは、ＳＦＣという業者だ。この業者はもともと販売店を運営しており、その後、より実入りのいい製造業に転じている。ＳＦＣは詐欺グループを顧客とした道具屋で、闇金やオレオレ詐欺グループにレンタル携帯や銀行口座、身分証の手配をしていたようだ。ＳＦＣの代表は塩見賢一という男だ。警察に照会したところ、塩見は危険ドラッグに手を出す前、詐欺グループの一員だった。警察への問い合わせでも、塩見が過去、詐欺グループの道具屋として逮捕されたという情報を摑んでいる。次のターゲットは塩見という男と密造工場だ」

　堤が話を進める。

「このＳＦＣの密造工場の所在がわかった。練馬区のマンションの一室を工場として使っているらしい。早速、昨日から内偵班を派遣している。おそらくここでα－ＰＶＰの原料の化学薬品とハーブを混合し、香料などを混ぜて製品を作っているはずだ。原料は中国の化学薬品メーカーから輸入、国内では混合だけを行っている」

　密造工場を叩けば、店舗への供給を止めることができる。他にも密造工場はあるだろうが、順次摘発を進めていけば、危険ドラッグを根絶やしにできる。

「情報が漏れる前に、密造工場の摘発に踏み切りたい。内偵班の報告を待って、令状が取れ次第、全員参加でガサをかける。店舗への立入検査をいったんやめ、全員ガサに参加してもらいたい」

　急転直下。堤は一気に供給元を断とうという作戦に出るようだ。

「これから準備を進める。ガサは今日中に実施したい。これからチーム編成と役割を説明する。全員いつでも現場に行けるよう待機を命ずる」

　堤がガサの手順とチームメンバーを発表した。

　彩は辰巳とともにガサに参加。工場内にある化学物質を押収するチームに任命された。

堤が一通りの手順を説明し終わると、会議はひとまず終了した。

彩は辰巳を連れて、堤を呼び止めた。

「報告があります。例の薬物コンサルタントの件です」

堤は頷くと、彩に言葉を返した。

「ちょうどいい。一緒に来い」

彩は、慌ただしく部屋を出ていく堤の背中を追いかけた。

2

「どこに行くんですか」

「来ればわかる」

堤はそっけなく言うと、速足でエレベーターに乗った。彩と辰巳が堤に追いつき、エレベーターに乗る。堤は一つ上の階で降りた。

フロアの奥に向かって歩く。堤が個室の前で足を止め、ドアをノックした。返ってきたのは女性の声だった。

堤は「失礼します」と言って部屋に入った。彩と辰巳が後に続く。

部屋で待っていたのは、白いブレザーに黒のパンツ姿、長い髪を後ろでまとめた清楚な女性だった。四十前後だろうか。顔には逞しさと美しさが共存している。女性は席を立ち、堤を応接に迎えた。

堤が女性を彩たちに紹介する。

「新任の佐藤参事官だ。危険ドラッグの取り締まりに対応するため、法的な助言をいただくために、本省から出向なさった」

佐藤の目が彩を捉える。値踏みされているような視線に彩は一瞬たじろいだ。

「あなたが霧島彩さんね」

佐藤に名指しで呼ばれ、彩は自己紹介した。

「捜査第一課の霧島です。よろしくお願いします」

「同じアヤどうしよろしくね」

佐藤が差し出した手を握り返しながら、考えた。

「同じアヤ？」

「漢字が違うけどね。私は糸へんの綾なの」

どうやら名前を知られていたようだ。共通点を見つけることで壁を壊し、打ち解けようとするのが佐藤のやり方なのかもしれない。やわらかい笑みで握手する佐藤に、彩は少しだけ親近感を持った。

佐藤の視線が隣の辰巳に移った。

「新人の辰巳さんね」

辰巳が恐縮しながら自己紹介する。佐藤が辰巳に向けて笑みを浮かべた。

「将来が楽しみね。お父様のように立派な取締官を目指して頑張って。期待しているわ」

辰巳は感激したように慇懃に頭を下げた。佐藤は新人の信頼を得るのにも長けているようだ。

「まあ、座ってちょうだい」

佐藤の勧めで席に着くと、堤が先ほどの会議の内容をふまえ、特捜チームの現状をかいつまんで説明した。

危険ドラッグ店への立入検査、ガサ、店員への取り調べ。堤は一通りの報告を終えると、最後にこう付け加えた。

「販売店への立入検査を続けた結果、密造工場を突き止めました。本日、密造工場のガサを実行します」

佐藤が頷いて答える。

「密造工場へのガサは薬事法上の立入検査で対応できるわね」

佐藤が法律の専門家らしく堤に訊いた。

「中国からの密輸情報もありますから、押収したブツを分析すれば、入手元もわかるかもしれません」

堤が佐藤の説明を補足する。

「佐藤参事官には検出された物質の違法性や指定薬物への認定手続き、行政指導や立入検査の合法性など法的なアドバイスをいただいている」

佐藤は満足げに頷くと、堤に返した。

「密造工場は他にもある。今はとにかく立入検査をして薬物を規制するしか手がない。ただ、今後海外での法規制や新たな法解釈を使って捜査ができるよう色々と調べてみるわ」

堤が恭しく頭を下げた。

「よろしくお願いします。それと――」

堤が彩に目配せする。

「霧島に例のコンサルタントについて調べさせています。霧島、佐藤参事官に報告しろ」

堤に促され、彩は捜査内容を頭の中でまとめながら報告した。

「立入検査で摘発を逃れた『ハーブトライフル』という店のオーナーに話を聞きました。オーナーの鬼束龍一は、半グレ集団、紅龍の幹部です。立入検査前に指定薬物であるα－

PVPが含まれている『モンスターレッド』という商品の取り扱いをやめたと言いました。立入検査の情報が事前にリークされ、取り扱いをやめるよう助言したコンサルタントがいるようです。コンサルタントは指定薬物事情に詳しく、自ら規制を逃れる化学物質の構造式を作り出すドラッグデザイナーでもあるようです」

佐藤の表情が微妙に歪んだ。

「そのコンサルタントの素性はわかっているの」

彩はかぶりをふった。

「残念ながら素性は摑めていません。ただ、手掛かりはあります」

その手掛かりはまだ堤にも話していない。彩は視線で堤に同意を求めると、堤は小さく頷いた。彩が先を続ける。

「店の常連で新しいドラッグのテスターをしている少女と会いました。少女はドラッグデザイナーに新しいドラッグを依頼したと証言し、その情報を提供すると言っています。彼女を通じて、コンサルタントの素性がわかるかもしれません」

彩の報告を聞いて、佐藤の表情が突然変わった。

「そのテスターの少女とはどこで？」

「立入検査の時に店で見かけました。偶然ですが、その日の深夜、少女は急性薬物中毒で急患として運ばれた病院で、私の旧知の医師を通じて、マトリとコンタクトを取りたいと望んだそうです」

「その少女はなんて言っているの？」

「店のテスターをやっていたが、粗悪なドラッグを試して意識障害を起こし、救急搬送されたと。ついては情報提供をするから、粗悪なドラッグを販売する業者を取り締まってほしいと」

佐藤はなおも食いつくように訊いた。

「少女の素性は？」

彩は病院で見た名前を思い起こした。

「たしか――」

彩が辰巳に目を向けると、辰巳がメモを取り出し答えた。

「名前は新田真理、十八歳。年齢から高校生と思われます」

佐藤は顎を撫でながら目を細めた。

「少女の所在は？」

今度は彩が答える。

「関東医科大付属病院に入院中です」

彩を見つめる佐藤の目が一瞬揺れた。

「その十八歳の少女のことは病院に任せなさい」

「なぜですか」

「未成年者を捜査に巻き込んではいけないわ」

佐藤の意見はもっともだ。彩も同じ考えだが、捜査に巻きこむというのは大げさだ。それに佐藤の言葉にはどこか頑な印象があった。

「ですが、コンサルタントに関する彼女の情報は捜査にとって有用で――」

「やめなさいと言っているの」

彩の言葉を遮るように、佐藤が強い口調で咎めた。毅然とした態度に、彩はそれ以上口を挟めなかった。

佐藤は彩から堤に視線を移した。

「その件についてはこちらで引き取ります」

「しかし、参事官――」

堤の反論を封じるように佐藤が切り出した。

「規制逃れは由々しき問題よ。今後危険ドラッグを取り締まるうえで、薬事法の改正が課題となる。規制を逃れる業者に対する法の適用には、大胆な規制と慎重な捜査が必要になるわ。これは本省の関連部局との調整も必要な案件なのよ。だからこそ、こちらで対応すると言っているの。そのことはあなたもおわかりでしょう」

堤はそれ以上異議を唱えず、「わかりました」と矛を収めた。

「これは部長とも話していることだけど、この件については、近く対策本部を設けるつもりでいるの。大臣からの意向も強く、具体的な人員と予算を要請しているところよ。新たな法体制も整える案件になるから、現場と事務方が連携してやるべき仕事となるはずよ。然るべき指示は私から出します。あなたたちは密造工場の摘発に集中しなさい」

指示というよりも命令に近い強い口調だった。

「この後、部長に呼ばれているから失礼するわ」

佐藤は立ち上がり、彩を見下ろしながら柔らかい口調で言った。

「霧島さん、落ち着いたら食事でもしながら話しましょう」

佐藤は口角を上げて、彩に伝えると、自分のデスクに戻った。堤が立ち上がり、頭を下げて退室した。彩と辰巳も堤の後について部屋を出た。

捜査課のフロアに戻った後、彩は堤に付き従うようにしてデスクに押しかけた。あの場では、佐藤が引き取ると言って何も言い返せなかったが、やはり現場にあそこまで口を出すのは納得いかない。

「さっきの件、本当にあれでよろしいんですか」

堤は顔を上げると、眉根を寄せて彩を見た。

「さっきの件ってなんだ」

「佐藤参事官からの指示です」

「その話なら終わったはずだ」

堤に苛立ちを感じ、彩は別の質問をした。

「対策本部の設置は本当ですか」

堤はパソコン画面を見ながら淡々と答えた。

「昨今の事件の影響で危険ドラッグは重要案件になっている。国会でも問題提起され、大臣も動き出した。マスコミが事件のニュースを流すたびに、取り締まりに対する厳罰化が叫ばれている。政治が動けば、我々行政も動きやすくなる。今回の法改正もその一環だ。佐藤参事官は医薬食品局で長年医薬品の認可に携わってきた。その手腕を買われて現場に赴任している。認可と規制は表裏一体だ。この件に関しては薬事法が取り締まりの鍵になる。佐藤参事官の任命はその布石だ」

堤の言い分には納得したが、佐藤の方針にはまだわからない点もある。

「佐藤参事官は、なぜ薬物コンサルタントの捜査に口を出されるのでしょうか。これは現場の仕事です」

「物事には表と裏がある。あまり詮索しないことだ」

堤の曖昧な回答が気になった。

「どういう意味ですか」

「そういう意味だ」

「それではわかりません。はっきり言ってください」

堤が顔を上げ、周囲を見回した。顔を近づけ、声のトーンを落とす。

「佐藤参事官は省内でハームリダクションを提唱している。危険ドラッグの取り締まりをきっかけに、テスト的に導入したいと考えているはずだ」

「ハームリダクション?」

初めて耳にする言葉に、彩は思わず聞き返した。

「勉強不足だ、霧島」

堤に指摘され、顔をしかめる。

「すみません」

「薬物依存者を治療する方法論のひとつだ。一挙に使用を禁止するのではなく、段階的に薬物を制限していくことで、薬物依存からの回復を図る方法だ」

違法薬物の取り締まりが使命のマトリにとって、治療や更生は主要な業務ではないが、彩には強い関心があった。それだけに自分の無知を恥じつつも、興味深く堤の話を聞いた。

「薬物依存者を罰則だけで更生させるには限界がある。覚せい剤には有効な治療法や治療薬がない。刑事罰を受けた受刑者が出所後、再逮捕されるケースはかなり多い。つまり、薬物常習者にとって刑罰や矯正は、十分な効果がないというのが、ハームリダクションの考え方の基本にある。実際、カナダでは大麻の合法化によって、逮捕者を減らしたという実績もある」

「たしかにその方法論には一理あるのかもしれませんが、薬物汚染が進んだ国ならともかく、日本ではかなり過激な方法ではないでしょうか」

堤も彩の意見には頷きつつも、別の角度から薬物規制の問題点に触れた。

「その通りだ。いくら国の管理下だとはいえ、これまで規制していた薬物を合法化するのは大きなリスクが伴う。だが、何年も違法薬物を規制しながら、薬物依存者が減らない現状を考えると、別のアプローチが必要だという意見があるのも事実だ。薬物の厳重な規制はアンダーグラウンドな流通を増やし、反社会的勢力の資金源となるという見解から、緩やかな規制のもと、合法化によって違法業者を取り締まろうというのが、賛成派の考えだ。

ただし——」

堤はそこまでの論調を否定するように、続けた。

「薬物依存者の回復に有効な手段がないのは事実だが、依存性が認められる薬物を合法化すれば、新たな薬物依存者を生み出すというリスクがある。手軽さを売りにする危険ドラッグはその最たるものだ。危険ドラッグを入口に薬物依存が蔓延することは、絶対に防がないといけない」

堤が彩に顔を近づけ囁く。

「例のコンサルタントについては、私の方でも取り調べの中で情報収集をしてみる。それまでは密造工場の摘発に集中しろ」

彩は堤の指示に従い、席を離れた。

デスクに戻ってすぐにスマホが震えた。着信は関東医科大学病院の酒井からだった。すぐに新田真理の顔が浮かんだ。事情を聞くために病院に行くと伝えていたが、時間が取れなかった。

彩が電話に出るなり、酒井は用件を伝えた。

「昨日の女子高生だけど、ついさっき保護者の代理人っていう男が訪ねてきたよ」

「代理人？」

「あの女子高生の父親、アライドファーマの社長だったんだ」

そういえば、新興の医薬品メーカーであるアライドファーマの社長は新田という名前だった。

「で、どうしたの」

「退院したよ。引き留めようかとも思ったんだけど、理由がないし、相手が相手だったし――」

酒井に文句を言ってもはじまらない。何しろ、病院に行けていないのはこちらのほうだ。それに、相手は医薬品メーカーの社長の娘だ。穏便に退院させたほうがトラブルにならない。ちょうど佐藤にストップをかけられ、彩も話を聞く理由がなくなったところだ。

「まあ、仕方がないわね。わざわざ連絡ありがとう」

酒井からの電話を切ると、思わずため息をついた。逃がした魚は大きい。でも、これで新田真理の素性はわかった。何かあれば、コンタクトを取ることもできる。とにかく今は堤にも言われた通り、密造工場のガサに集中するべきだ。

彩は新田真理を頭から切り離し、仕事に集中した。

3

午後三時。堤の指示で彩たち特捜チームは密造工場のある練馬に向かった。

堤が鳥飼から引き出した情報をもとに、特捜チームのメンバーが密造工場を内偵している。

昨日から張り込んでいる内偵班から、工場で働く従業員二名がマンションに入る姿を確認したという連絡が入った。二名の住居を調べた結果、半グレ集団の城東連合のメンバーであることがわかった。これで、密造工場が城東連合と関係しているという確証を得た。

堤はすぐに、チーム全員に現場に急行せよという指示を出した。彩は堤とともにマンションへの先遣部隊として、捜査車両に同乗した。

練馬駅から一キロほど離れた場所にあるマンションの一室。その部屋で危険ドラッグの密造が行われている。二台の捜査車両に分かれ、総勢八名の取締官たちが、閑静な住宅地に乗り込んだ。彩は堤とともに黒塗りのワゴンに乗り、マンション近くのコインパーキングに駐車し、内偵班からの報告を待った。内偵していた鷹村（たかむら）がワゴンに乗り込んだ。鷹村が堤にマンションの様子を報告する。

「これまで確認できているのは関係者三名。二人は部屋に入るのを視認しましたが、もう一人は未確認です」

「社長の塩見は？」

「まだ確認できていません」

どうやら未確認の人物が塩見のようだ。塩見の素性は、鳥飼への取り調べで割れている。

「奴らの行動パターンは？」

堤の問いかけに鷹村が答える。

「昨日は、午後五時頃に部屋を引き揚げました」

彩が腕時計を見る。まもなく午後三時半。うかうかしていると従業員が帰ってしまう。だが、肝心の社長の塩見を確認できていない以上、踏み込むべきではない。

堤が神妙な顔で鷹村に言った。

「塩見が現れるまで待つ」

「しかし、昨日の店へのガサ情報が伝わるかもしれません」

昨日、小売店にガサが入ったことが知られれば、塩見は姿をくらますかもしれない。鷹村の指摘に堤の表情が歪んだ。

「わかった。午後四時半までに塩見が現れなければ決行する」

堤は無線で取締官に伝えた。

「塩見の姿を見逃すな」

それから一時間後、午後四時半。監視は続いていたが、塩見は現れなかった。指揮車両にいる森田が時計を気にしながら、堤に訊いた。

「四時半を過ぎましたが、どうしますか」

堤が腕時計に目を向けた時だった。無線に鷹村の声が響いた。

「塩見をマンションの前で確認しました」

堤が即断する。

「よし、塩見が部屋に入るところを狙ってガサだ。一班が先行して部屋に入れ。塩見と二名の従業員を確保。続いて二班が室内を捜索、薬物を押収。内偵班は出入口を固めろ。三班はバックアップだ。部屋で指定薬物が見つかったら、関係者を任意同行させる」

堤の指示で取締官が一斉に動き出した。彩は脇、森田とともにガサに参加する。堤が彩に指示を出した。

「辰巳を連れていけ。流れを教えてやれ」

彩が辰巳を見る。表情が硬い。緊張がこちらにも伝わってくる。

彩が辰巳に告げる。

「現場では私の指示に従って。危険が伴うから慎重に行動するように。周囲への気配り、目配りを怠らず、常に危険に備えること」

辰巳は真剣な表情で返事をした。

「それと、どんな相手であれ、投げ飛ばしちゃだめよ。いいわね」

辰巳が眉間に皺を寄せ、言い返す。

「気を付けます」

一班のリーダーである松本が目で合図を送る。事前の段取り通り、一班の四人がマンションのエントランスに向かった。エントランスを通れるよう管理人に根回しをしてある。ガサはスピード勝負だ。先行する一班に続いて彩たち二班はダンボールの束を抱え、202号室に向かった。

彩が202号室の前に着いた時、松本から無線が入った。

「社長の塩見をふくむ関係者三人を確保。室内の捜索をお願いします」

堤がすぐに指示を出す。

「二班、室内の捜索を頼む。私もすぐに追いかける」

二班のリーダーの森田が全員に合図をする。

「疑わしい薬物、資材はすべて押収する」

脇が部屋になだれ込み、続いて彩は辰巳とともにダンボールを抱え、部屋に入った。

玄関からまっすぐ延びる廊下を経て、リビングに入ると、一班の松本以下四人が若い男性三人から聴取している最中だった。リビングには作業台があり計量器や電熱式のシーラー、パッケージの束が無造作に放置されている。部屋にはビニール袋に入ったハーブが三袋、発送前と思われるダンボールが五つ積みあがっていた。

彩たちがリビングを確認していると、堤が部屋に入ってきた。松本の肩を叩き、他の取締官を労った。

「ご苦労だった。三人を任意聴取する」

堤は三人をなめるように見てから、一人に視線を固定した。

「おまえが社長の塩見か。我々がここに来た理由はわかるな」

塩見は堤を蔑むように見ると、捨て台詞を吐いた。

「さっきガサ状を見せられましたよ。俺たちは観賞用のハーブとお香を卸しているだけです。ガサを受ける理由はないんですがね」

「そんな言い訳が通じるとは思っていないだろう」

「あんたたちに言っても無駄でしょうが、俺は騙されたんですよ」

「騙された？　誰にだ」

ています」

「この業界じゃあ有名なドラッグデザイナーで、コンサルタントとかカリスマって呼ばれ

堤はそれ以上の質問をやめ、森田に指示を出す。

「詳しい話は事務所で聞く。関係者を事務所に連れて行ってくれ」

森田たちが堤の指示に従い、関係者三人を部屋から出した。堤はリビングを見回し、ハーブとパッケージ類を確認すると、彩たちに指示を出した。

「他の部屋も調べろ。部屋にあるブツをすべて押収する」

彩は辰巳たちと手分けして、粉末やハーブの入った袋を次々にダンボールに詰め込んだ。リビング以外にも、バスルームや洗面所にハーブの入った紙袋や中国語が書かれたビニール袋があった。密造工場といったものの、実態はマンションでハーブと化学薬品を混ぜ、香料を振りかけてから小分けのパッケージにして店に卸すだけの単純作業である。簡単な作業だが、危険ドラッグの原料は単価が安く、儲けが十分出る。

この日見つかったのは、粉末状の化学物質十袋以上、溶媒に使うアセトンの一斗缶二缶、乾燥したハーブが入った紙袋十数袋、さらにバニラ、シナモンなどの香料の瓶、製造レシピに攪拌機、二十種類以上のパッケージが入った段ボール十数箱だった。その数は摘発した店舗の在庫の十数倍以上、すなわち十数店舗以上に卸せる量だった。

4

午後六時。

逮捕した密造メーカーの社長塩見と社員二名への取り調べが始まった。九段下にあるマトリの事務所に設置された取調室に三人を別々に入れ、同時に取り調べを進める。彩は塩見が入った取調室の横に設置された部屋で、マジックミラー越しに様子を窺(うかが)っていた。

塩見はふてくされた顔で椅子にだらりと座り、爪をいじっている。塩見の取り調べは堤が担当する。

塩見たちが工場として使っていたマンションからは、大量のハーブと化学物質が見つかっており、鑑定で指定薬物もしくは大麻指定された物質が検出されれば、自白を引きださずとも、起訴に持ち込める。社長に実刑が下れば、塩見の会社を潰すことができる。だが、堤の狙いは他にある。

わざわざ堤が取り調べをするのは、塩見から卸先の小売店を聞き出すため、そして何よりも薬物コンサルタントの情報を引き出すためだ。

堤が塩見の待つ取調室に入った。

塩見と机を挟んで向き合う。塩見は堤から視線を外し、壁をぼんやり見ている。堤が咳払いをして塩見に伝える。

「話を聞こう。なぜあの商売に手を出した」

塩見はちらっと堤を一瞥するが、口を開こうとしない。

堤は持ち込んだファイルを開いて視線を落とした。事前に警察に照会した塩見の身上書に目を通す。

「前職は道具屋か。逮捕されて廃業した後、この仕事を始めたようだな。ハーブの知識は最初からあったのか」

塩見はなおも無言を貫く。堤は再び身上書を見る。

「何も話さないならそれでもいい。部屋から押収した化学物質の鑑定結果が出れば、どのみち逮捕状が出る。言い訳のひとつぐらいないのか」

塩見が初めて堤に視線を向けた。澱んだ瞳はまるで生気がない。

「もしかしてドラッグを自分でもやっていたのか」

塩見がようやく口を開いた。

「自分じゃやってませんよ。友達から勧められたんです。話を聞いたらぼろい商売だってんで始めてみたんですよ」

「店を開くには開店資金が必要だろう。どうやって集めたんだ」

塩見が鼻をならして答える。

「そんなもんどうにでもなりますよ。闇金の知り合いがいますから、二百万くらいならすぐに集まります。店舗の賃貸契約さえ結べば、ほとんど元手はいらない。ブツは友達から紹介してもらった業者から仕入れました。看板だしときゃ、別に奨(すす)めなくても勝手に客が買ってくれますし、ポイントとか無料サンプルとかつけると、リピーターも増える。常連がつけば、店番ひとりで月に百万くらいの利益が出ました。その金でバイトを雇って店舗を拡大したら、客も増えて利益も上がりました。たしかにぼろい商売でしたよ」

塩見は一度しゃべりだすと、べらべらと聞いてもいないことまで話し始めた。

堤がさらに事情を深く探る。

「店が儲かっていたのに、なんで製造にシフトしたんだ」

「店を三店舗まで広げた時に気づいたんですよ。製造のほうがもっと儲かるってね。なんせ原料はキロ二十万程度、それにちょいと手を加えて小袋に入れて小売店に卸せば、二百万になる。利益率が高いし、手間もたいしてかからない。マンション一室で十店舗分のハーブを捌(さば)ける。ちょうどハーブ絡みの事故がニュースになってたから、いずれ店には立入検査が入るだろうって踏んでましたから」

裏の業者はどこか商売の嗅覚が鋭く、先を読んで仕事を変える。そこまで商才があれば、まっとうな商売をすればいいのだろうが、所詮は表の世界に住めない人種なのだ。

堤がいよいよ核心に切り込む。

「いくら儲かるからって初めての商売だ。化学の知識もないだろうし、原料の調達や配合にもそれなりにノウハウがいるだろう」

塩見が堤を睨む。話していいのかどうか迷っているようだ。

「場合によっては調書をうまく書いてやる」

堤の駆け引きに、塩見がまんまとのってきた。

「カリスマですよ」

「薬物コンサルタントのことか」

塩見が頷いた。

「どんなノウハウを教えられた？」

塩見は悪びれることなく言い返す。

「全部ですよ」

「全部ってなんだ？」

「カリスマは業界でも超一流のブレンダーで、海外の化学メーカーにも顔が利く。法律にも通じているから、規制情報を摑んで未規制の原料を選んでブレンド品を作ってくれる。カリスマから紹介されて製造工場を譲ってもらいました。始めて一年ほどで売上は一億に届きましたよ。仕入れ業者も卸先も増えて、商売は順調だったんだ」

塩見が、時折、悔し気な表情を見せながら話した。

「そのカリスマブレンダーとの関係はいつまで続いたんだ」

「つい最近までですよ」

「なんで関係を切った」

「切ったのはこっちじゃありません。カリスマが突然商売から手を引くって言いだしたんですよ。それっきりコンサル契約を一方的に破棄されたんです」

「理由は？」

「さあね。わかりません。もう十分稼いだんじゃないですか。それに規制がかなり厳しくなるって言ってましたから、それもあったんだと思いますよ」

規制の強化については官報などからもわかるが、法改正などの情報は簡単には入手できない。やはりコンサルタントは行政関係者とのつながりがあるのかもしれない。

堤は、さらに塩見を煽るような質問をした。

「そのカリスマとやらに騙されたと言ってたな」

塩見は急に表情を変え、声を荒らげた。

「今日のガサですよ。リークしたのはカリスマなんでしょ」

塩見が恨むような顔で堤を睨む。

「捜査情報は上層部から入った」

「だったらその上層部とやらにリークしたんでしょう。売られたことはわかってんだ。じゃなきゃ、なんでガサの情報がどんぴしゃでわかるんだよ」

「どういうことだ」

「しらばっくれないでくださいよ。カリスマから直前に連絡が入ったんですよ。それでマンションに様子を見に行った途端、あんたたちが現れた。あれは情報なんかじゃない。単純に売られたんだよ」

堤と塩見のやり取りに彩が耳を奪われていると、扉が開いて、鑑定課の若手の女性がファイルを手に入ってきた。女性職員が彩にファイルを渡す。

「吉沢主任からです」

ファイルを受け取り、開くと鑑定結果が書かれていた。合成カンナビノイド系の物質ＭＡＭ－２２０１が検出されている。彩は鑑定書を手に取調室に移動し、扉を叩いた。記録係の森田が扉を開く。

「どうした？」

「鑑定結果が出ました。堤課長に渡してください」

森田は彩が差し出した鑑定書を手に取ると、結果を確認して頷いた。

彩は再び隣の部屋に引き返し、堤の様子を見守った。堤が鑑定書を確認して、塩見に見えるようにテーブルの上で開いた。

「押収した薬物から大麻成分が検出された。これで起訴は確実だ」

塩見が突然喚（わめ）くように叫んだ。

「ぜんぶカリスマのせいなんだ。俺は騙されたんだよ。そのブツだってカリスマのブレンドだ。言われた通りに作っただけだ。合法だって聞いていたからやったんだ。俺は悪くない。悪いのは奴だ。そう調書に書いてくれ」

堤が怒鳴り散らす塩見の肩を押さえつけ、耳元に顔を近づける。

「俺が仇（かたき）をうってやる。カリスマの連絡先を教えろ」

塩見が逡巡しながら、宙を見る。堤はさらに塩見に囁いた。

「おまえのことは話さない。約束する」

塩見が口を開いて堤に何かつぶやいた。堤は一度頷くと、森田に何かを命じた。森田が部屋を出て、隣の部屋に入ってきた。

「塩見がカリスマの連絡先をしゃべる。奴の持っていた備品を持ってきてくれ」

彩は森田に言われた通り、塩見が携帯していたバッグを森田に渡した。

5

七月四日、午後八時半。

都営大江戸線の六本木駅で地下鉄を降りて、地上に出ると、外苑東通りを東京ミッドタウン方面に歩いた。金曜日とあって人通りが多い。彩は先を歩く堤の背中を追いかけた。目的のクラブ『BABEL』は地下一階にあった。そこがカリスマが指定した待ち合わせ場所だった。

塩見への取り調べで聞き出したカリスマの連絡先は携帯番号だった。堤はその番号に直接連絡した。カリスマは聴取に応じると答え、待ち合わせ場所に六本木のクラブを指定した。そして、条件を一つだけつけた。霧島彩を連れてこい。

堤の判断で彩の同行は決まったが、なぜカリスマが彩を知っているのか。なぜ同行させるのか。その理由はわからなかった。エレベーターに乗った彩に、堤が改めて訊いた。

「本当に面識はないのか」

もう何度も質問され、同じ答えを返している。

「あるわけないじゃないですか」

「だったら、なんで相手はおまえのことを知っている?」

「こっちが知りたいくらいですよ」

否定する彩に堤が訝しげな視線を向ける。彩はそんな堤にむっとしながら言い返した。

「なんで堤さんに疑われなきゃならないんですか」

「まあ、会えばわかるだろう」

堤はそれだけ答えると、止まったエレベーターを降りた。

店の入口でIDチェックがあった。運転免許証を見せて店内に入ると、EDMらしき音楽が聞こえてきた。DJが流す音に合わせて体を揺らす男女が目に入る。ついその光景に目が奪われる。

「霧島、何やってる。いくぞ」

堤が店員の案内を受けて、店の奥へと歩いていく。どうやらスタッフに話をつけたようだ。堤を追いかけ、店の奥へと入っていくと、VIPルームに案内された。店の最深部、VIPルームの中でも最もランクが高い部屋だ。

部屋に入ると、中央に置かれたソファーに王様のように座っている男がいた。両脇に派手な服を着た若い女性が座っている。男の顔を見て彩は思わず声を上げた。

「あんた——」

男が彩の姿を見つけると、彩を招き寄せるように手を振った。

「こんばんは。マトリの彩ちゃん」

スリーピースの黒いスーツに赤いネクタイ。グレーに染めた髪にグレーのサングラス。新宿で会った時と同じ出で立ち。その顔は記憶に刻まれていた。紅龍の鬼束龍一。

鬼束とのやり取りを見た堤が彩に言う。

「やっぱり顔見知りか」

彩が慌てて否定する。

「いや、こいつは歌舞伎町の店のオーナーで——」

彩は鬼束を睨んで問い詰める。

「なんであんたがここにいるのよ。まさか、カリスマブレンダーってあんたのこと？」

鬼束が口角を上げて、答える。

「カリスマは人一倍人見知りだ。俺はカリスマの代理人だ。まあ、仲介と言ってもいいがな。カリスマは急な用事で来られなくなった。そこで、俺はあんたたちに謝るように伝えてくれって頼まれたんだよ。カリスマが入れてくれたボトルがあるんだ。せっかくだから、

「一緒に飲もうぜ」

鬼束がテーブルに置いてあったシャンパンのボトルを手に持って顎をしゃくる。

彩はあきれて言葉を失った。そんな彩をあざ笑うかのように鬼束がにやついた顔で席を勧める。

「せっかくの再会なんだし、ゆっくり座って話そうじゃないか」

愚弄するにもほどがある。最初からカリスマなどいないのではないか。いや、いたとしても会う気などなかったのだ。急に馬鹿々々しくなってきた。彩が堤に耳打ちする。

「帰りましょう」

堤が頷く。

「悪いけどカリスマに会えないなら失礼するわ」

彩が踵を返そうとした時、鬼束が突然低い声で引き留めた。

「ちょっと待った。このまま帰っていいのか」

堤が振り向いて鬼束に言う。

「おまえと遊んでいる暇はない」

鬼束が鼻を鳴らして、堤を睨む。

「まあ、帰りたいなら勝手にすればいいさ。あんたたちのためにせっかくカリスマがどんな奴か教えてやろうって思ったんだけどなあ」

　鬼束の言葉に彩が反応して振り向いた。

「だったら教えて、カリスマは本当にいるの？」

「ああ、いるよ。じゃなきゃ、あの塩見って素人があんな商売始められるはずがねえ。それに、他の連中だってそうだ。化学も法律も知らねえ連中がなんであんな仕事ができるんだ。その道のプロがいるからだろう。俺だってそうだ。カリスマにはしょっちゅう世話になっている。ただなあ、カリスマは極度の人間不信だ。それに、ほんとに信用できる人間にしか会わない。その点じゃあ、塩見って男は信用されてなかったんだなあ。俺はカリスマの代理人として色々教えてやったが、奴はその教えを破って勝手に商売を拡げちまった。それでカリスマに捨てられたってわけさ。カリスマは裏切ったわけじゃねえ。言うこと聞かねえ連中の面倒までは見れねえ。どんな世界にもルールはある。あんたたちだってそうだろう」

　堤が彩に目を向けて、席に着いて鬼束を睨む。

「話だけは聞こう」

　鬼束は表情を緩ませ、シャンパングラスを用意した。

「そうこなくっちゃな。せっかくだから、彩ちゃんは俺の隣でもいいぜ」

鬼束のいやらしい目が彩を捉える。彩は堤の隣に座って、鬼束を睨んだ。

「あなたの隣にはかわいい彼女がいるでしょ」

鬼束が両隣に座る女を交互に見た。

「そういうわけで、俺はこれから大事な話があるんだ。猫ちゃんたちは悪いけど出てってくれないか」

右隣の女が甘えた声で鬼束の方にすり寄る。

「つまんない。こっちが先に来てたのよ」

「うぜえ女は嫌いだっつってんだろう」

鬼束が冷たい表情で吐き捨てるように言うと、女たちは渋々席を立って、部屋から出て行った。鬼束はグラスを彩と堤の前に置くと、シャンパンボトルを取って二つのグラスに注いだ。

「せっかくの金曜の夜だ。まずは乾杯しようぜ」

鬼束がグラスを彩と堤に、交互に向けた。彩が堤に目配せする。堤が鬼束を威嚇(いかく)するように目で制す。

「仕事中だ」

「かたいこと言うなよ。せっかく俺が機嫌よく話をしようってんだ。それとも、せっかく六本木まで来て、なんの情報も取れずに帰んのか。俺は別にそれでもいいぜ。ただ、カリスマには絶対に会えないぞ。これだけは言っとくが、俺の仲介がないとカリスマは誰にも会わない。つまり、俺は奴のマネージャーみたいなもんだ」

堤はため息をついて、グラスを手に取った。彩もそれに倣(なら)い、グラスを持つ。

「それじゃあ、再会に乾杯」

鬼束は一方的に彩のグラスに乾杯して、一気にシャンパンを飲み干した。彩は申し訳程度にグラスに口をつけ、すぐにテーブルに置いた。

鬼束は足を組んでタバコに火をつける。一口吸って煙を吐いてから、堤に視線を向けた。

「あんたが彩ちゃんの上司か。たしか堤って言ったな。残念だったな、カリスマがここにいると思ったか。そりゃあ早とちりってもんだ。そう簡単に会えたんじゃカリスマじゃないだろう」

饒舌に話す鬼束に、堤が切り込む。

「鬼束龍一、紅龍の構成員だな」

鬼束は眉根を寄せて、堤を睨んだ。

「ヤクザみたいな言い方すんな。俺は紅龍とはゆるくつながっているだけだ。奴らはヤクザと違って違法行為をしているっていう自覚も覚悟もねえ。セコイ商売を闇でやって稼いでる。俺は違うぜ。ちゃんとこのビジネスをわかっている。裏も表も知った上でやってるんだ。だから、おまえさんたちに捕まることもないし、まともな商売をしている。プロとアマとの違いだ。プロは下手を打たない」

「そうやってプロを気取っていられるのは今だけだ。バックについているコンサルタントとはどこで知り合った」

鬼束が鼻を鳴らして答える。

「いきなり本題なんてのは楽しくないだろう。あんたたち役人は働き過ぎなんだ。そんなことじゃ精神が病んじまう。ちょっとは人生を楽しんだらどうなんだ」

鬼束は空のグラスにシャンパンを注いだ。そして、堤のグラスにもシャンパンを注ぐ。グラスからシャンパンがあふれ、テーブルに水たまりができた。同じように彩のグラスにもシャンパンを注いだ。

堤がグラスに一杯になったシャンパンを一息に飲み干し、鬼束にグラスを返した。

「あんたと遊んでる暇はない。そろそろ本題だ。カリスマは誰なんだ」

鬼束は上目遣いに堤を見ながら、ポケットからスマホを取り出した。

「教えてやってもいいんだが、条件がある。なあに、簡単な取引だ」

「取引だと」

「そうだ。情報には金がかかる。まさかただで手に入ると思ってるんじゃないだろうな。まあ、俺は金なんていらないが、条件さえのんでくれりゃあ、なんでもしゃべるぜ」

「なんだ、条件てのは？」

鬼束の視線が彩に向く。

「霧島彩だ」

彩が顔色を変えて、鬼束を睨んだ。鬼束の執拗な視線が彩を捉える。

「その勝気なところがたまんねえな。マトリの彼女がほしかったんだ。幸い俺はフリーだ。付き合ってくれたら、なんでも教えてやるぜ。悪い話じゃねえだろう」

彩は嫌悪感をあらわにして、鬼束から視線を逸らせた。

「そんなに嫌がんなくてもいい。俺は紳士だ。それに別に結婚してくれってんじゃねえ。まずはお友達からでもいいぜ。俺のことを知れば、そのうち好きになる。どうだ、保護者の堤さん」

「断る」

堤の返事は早かった。

鬼束が真顔で堤に言い返す。

「そうか。じゃあこの話はなしだ」

鬼束が立ち上がろうとするのを、彩が止めた。

「待って」

鬼束の視線が彩を捉える。

「カリスマを売ればあなたが困るんじゃないの」

鬼束が不敵な笑みを浮かべる。

「なあに、心配しなくたっていい。俺はカリスマのノウハウをぜんぶ手に入れた。だから、カリスマはもう必要ない」

鬼束がサングラスを外して、彩に顔を近づけた。目の周りにクマが広がっている。まるで入れ墨のように目元全体を覆っていた。

「そういうわけで、あんたさえ、うんと言ってくれりゃあ、協力しようってんだ」

彩は思わず顔を遠ざけた。堤が反射的に立ち上がる。

「答えは変わらない」

鬼束が堤を睨んで言い返す。

「おれはこの女に訊いているんだ。それともこいつはあんたの女か」

堤は鬼束の挑発にのらず、淡々と告げた。

「これ以上話すことはない。悪いがこれで失礼する。霧島、行くぞ」

彩は素早く立ち上がり、堤の傍らに身を寄せた。鬼束が不敵な笑みを浮かべ、彩を見る。

「そうか、まあ気が変わったらいつでも連絡するんだな。あんたならいつでもウエルカムだ」

鬼束の嘲笑から逃げるように彩は堤の傍について部屋から立ち去った。

「まるで道化だな。どこまで人をおちょくる気だ」

店を出るなり堤は吐き捨てるように言った。普段、冷静な堤にしては珍しく感情的になっている。

「堤さん、情報が取れるなら多少のことは――」

言いかけた時、堤が厳しい表情で彩を見た。

「いいか、奴には二度と関わるな。いずれ逮捕される人間だ」

「でも、コンサルタントの情報が――」

「別の方法を考える」

堤の強い口調に彩は何も言い返せなかった。

「コンサルタントの件は後回しだ。まずは一斉捜査で一気に店と工場をたたく」

いつも以上に堤の強い意志を感じ、彩は頷いた。

堤が外苑東通りに足を向けた。彩は後に続いた。

「事務所に戻りますか」

堤が腕時計を見た。

「今日は遅いからもうあがろう」

「わかりました」

彩が地下鉄の駅に足を向けようとしたとき、堤が彩を引き留めた。

「待て、誰が帰るって言った」

彩が堤に顔を向けると、堤が六本木交差点の方向に顎をしゃくった。

「これから飲みなおす。嫌じゃなかったらついてこい」

いつになく積極的な堤の誘いに、彩はわざと訊いた。

「おごりですか」

「当たり前だ」

「では喜んでお供します」

彩は六本木の交差点に向かって歩く堤の背中を追いかけた。

第三章　レッドデータ

1

翌週、七月七日、午前八時五十五分。

彩は申し訳程度に挨拶(あいさつ)をしながら、事務所に入った。

先週金曜日の夜、六本木で堤と深夜まで飲んだ。珍しく堤が荒れていた。次第に彩も酒が回り、最後は仕事の愚痴が止まらず、帰ろうとする堤を引き留め、二軒目に入り、気が付けば終電の時刻を過ぎていた。タクシーで自宅に戻ったが、寝つきが悪く、キッチンに転がっていた焼酎で飲みなおした。ベッドに入ったのは午前五時。土曜日は二日酔いでダウン、日曜日も捜査の疲れからほぼ一日眠っていた。

月曜日の朝はさすがに復調したが、気分は重かった。なんとか事務所に辿り着いたが、まだ先週の疲れを引きずっている。

彩が席に着こうとすると、若い女性が彩のデスクに座り、スマホをいじっている。隣に座る辰巳に訊いた。

「まさか席替えしてないわよね」

辰巳は隣の席にちらっと顔を向けると、彩に言い返した。

「霧島さんのことずっとお待ちでしたよ」

スマホを見ていた若い女性が彩に気づいたように顔を上げた。

「ふだんより遅いんちゃうか。それに髪はぼさぼさ。化粧もしてへん。そんなんで仕事になんの」

見ず知らずの女性に突然指摘され、むっとした。しかも見た目は自分より若い。小柄で童顔、赤いフレームの眼鏡。肩までのショートカット。ぱっと見はアニメキャラのようだが、態度がでかいうえに、関西弁で失礼なことをずけずけと言う。

「どちら様?」

辰巳に顔を向けたが、辰巳は首を傾げた。

若い女性が立ち上がって、彩に名刺を差し出した。名刺を受けとって肩書を見る。

厚生労働省　医薬食品局麻薬対策課　専門官　大西唯（おおにしゆい）

本省でマトリを管轄する部局の担当だ。

大西がまるで印籠を見せたかのように目で彩を威嚇する。

「本省で専門官やってる大西いいます。霧島彩さんに聞きたいことがあってきたんや。ちいと時間もろてええかな」

こてこての関西弁。そして大西という苗字。誰かを思い出す。まさか——。

「あなたもしかして、大西さんの——」

「父がえらいお世話になったみたいですね」

思わずたじろいだ。あの大西に娘がいたことも驚きだが、そのうえ厚労省の職員だったとは。

「ほな、そういうことで行きましょか」

語尾を上げて言うと、大西は悠々と事務所を歩いて行った。彩は混乱しながらも、辰巳に「ちょっと出てくる」と伝えて、大西の後を追いかけた。

大西はエレベーターに乗ると、一階のボタンを押した。

「どこに行くんですか」

「ここじゃなんやから、外出ようや」

「外って——」

「駅の向こうにスタバがあんねん。ちょうどフラペチーノの気分やねん」

フラペチーノの気分って――。

「心配せんでもええで。上司になんか言われたら、私の名前だしといたらええて」

あっけらかんと言う大西に、彩は何も言い返せなかった。エレベーターが着くと、大西はさっさと外に出て、先を歩いて行った。マイペースなのは父親譲りだろうか。彩は戸惑いながら大西の後を追いかけた。

九段下駅近くの高架をくぐった先にある商業施設の中のスタバに入った。大西は店の奥にあるソファーにポーチを置いて席を確保した。カウンターに行くと、メニューも見ずに注文した。

「ダークモカチップクリームフラペチーノ、クリーム多めで」

なんだか舌がもつれそうな名前をすらすらと注文すると、彩がいることを思い出したように言った。

「あ、悪いけどここは割り勘な」

外に連れ出しておいてそれかよ、と思いながらも彩は答える。

「もちろん、そのつもりです」

大西の年齢はわからないものの、本省の専門官となると、敬語を使っておいた方が無難だろう。もっとも、大西は最初からなれなれしさ百パーセントで接しており、そんなところも父親にそっくりだ。

カウンターからクリームがたっぷり盛られたフラペチーノが出されると、大西は目を輝かせながら、さっさと席に戻っていった。

彩が頼んだスターバックスラテを手に席に戻ると、大西はたっぷり盛られたクリームを満面の笑みで口に運んでいた。

「やっぱこれやなあ」

至福の笑みを浮かべながらフラペチーノを口に運ぶ大西は、まるで女子高生のようだ。傍(はた)から見るととても国家公務員とは思えない。

彩はあきれながらラテを一口飲んだ。程よい苦みと甘みが口の中に広がる。カップを置くと、大西の視線に気づいた。まるで観察するように彩の顔を注視している。

「どうしたんですか」

「よう見たらなかなかの美人やなあ」

彩は思わず眉根を寄せた。なんで唐突に顔を評価されなきゃならないんだ。

大西がストローで器用にクリームをすくいながら、しみじみと話す。

「おとんが霧島さんのことだいぶ見込んどったみたいやから、どんな人か気になっとったんや」

大西の言葉で父親の大西前情報官のことを思い出した。

大西の父はかつて彩の上司として、中国マフィアの覚せい剤密輸ルートの捜査に携わっていた。マフィアが雇った殺し屋に襲われた時、大西の父は彩の目の前で銃弾に倒れた。あの時は咄嗟の判断で殺し屋を撃ち殺したが、もし仕留めることができなかったら、自分も殺されていただろう。

もしかすると大西は父親の死に関わった彩に何かを聞くために呼んだのかもしれない。

彩はなんと答えるべきか迷ったが、口をついて出たのは謝罪の言葉だった。

「すみません。お父様のことは残念でした」

彩が俯き（うつむ）ながら言うと、大西は首を横に振った。

「別に霧島さんが謝らんでもええんよ。それにもしかしたら、霧島さんが死んどったかもしれへんのやし」

どうやら彩を責めるために誘ったようではなさそうだ。

大西はあっという間にフラペチーノを半分ほど飲むと、満足気な顔でつぶやいた。

「何杯でもいけそうや」

大西はカップをテーブルの端に寄せ、居住まいを正した。

「そろそろ本題に入ろうか」

彩は飲みかけのラテをテーブルに置いて大西をまっすぐ見た。

「本省から参事官ちゅう肩書の女が来たやろ」

「佐藤参事官ですか」

「せや。医薬局のエリート官僚やけど、いけすかんおばはんや。うちは好かんわ」

突然、佐藤に対する批判が始まり、彩は返答に困った。黙ったままでいると、大西が勝手に話を進めた。

「まあ好みはおいといて、あの人がやろうとしている政策を潰したいんや」

——潰したい？

彩は何を言われているのかわからないまま、瞬(まばた)きを数回した。

「佐藤参事官がやろうとしとんのは、ソフトドラッグの合法化や」

彩は、堤が話していた佐藤参事官についての情報を思い出した。

「たしか、ハームリダクションを推進しようとしているとか」

大西は唇の端を吊り上げ、蔑んだ表情を浮かべた。

「んなもん詭弁(きべん)や。覚せい剤の回復プログラムに利用したらええて言うてるけど、問題はそこやない。危険ドラッグの蔓延を理由に、ソフトドラッグを合法化する、ちゅうのがほんまの狙いや。ニュージーランド政府がつい最近、『新精神作用物質法』を成立させよったやろ。ソフトドラッグを政府機関の認可制にする。低リスクの認可ドラッグを流通させて、危険ドラッグを壊滅するちゅう法律や。要は政府が認可したドラッグ以外の製造業者は違法として取り締まるわけや。せやけどな、薬物を取り締まる立場の行政が、なんで危険な薬物を認可すんねん。そんなん許したら、薬物汚染がますます広がってまうやないかい」

大西が展開する持論に耳を傾けながら、彩はまったく別のことを考えていた。あの親にしてこの娘。遺伝の力は強い。

黙っている彩に、大西が錐のように鋭い視線を向けた。

「霧島さん、あんたこの件、どう思う?」

突然、意見を求められ、彩は考えこんでしまった。

堤からハームリダクションについて教えられ、自分なりに調べてみた。実際、カナダではハームリダクションは認められた制度であり、効果が出ているとも聞く。麻薬取締官としての立場からは、規制薬物の合法化などもってのほかだが、薬物依存者への有効な治療法がない今、取り締まりや刑罰だけで薬物依存から抜け出すのは困難だ。治療という点で選択肢になるのであれば、その可能性を否定できないのではないか。

「まだ、佐藤さんの考えを聞いたことがないので、なんとも……」

曖昧な答えを返すと、大西は再び矢を放った。

「ぬるい」

大西の返事に彩は思わず言葉が口から漏れた。

「はあ？」

大西はテーブルをばんと叩き、応酬した。

「何ぬるいこと言うてんねん。あんたマトリやろ。問答無用で反対せなあかん立場やろ」

周囲の視線をものともせず、大声で話す大西を宥めるように両手で制した。

「そんな興奮しなくても――。それに麻薬取締官は行政官であって政策的な話は――」

彩が言い終わる前に大西が強い口調で言い返した。

「行政官だけやないで、司法捜査官やろ。それに現場が声をあげへんでどないすんの」

怒りを込めて言う大西を見ていると、かつての大西情報官に叱責されている気分になってくる。まるで小さい大西前情報官が目の前にいるようだ。彩は思わず苦笑を漏らす。

「何がおかしいねん」

「いや、あの、ごめんなさい。しゃべり方がお父さんにそっくりだったから」

彩が口に手を当てながら謝ると、大西はむっとした顔で言い返した。

「人が真面目に話しとんのに、なんかむかつくわ」

機嫌を損ねた大西は飲み残したフラペチーノをストローで吸った。

彩は強い眼差しで大西を見つめた。

「すみません。でも、そんな法律ができる前に危険ドラッグを取り締まればいいんじゃないですか。それに、私たち現場の職員は法律に則って動くだけですし、何よりも現場は、危険ドラッグの被害を少しでも減らすために全力で取り締まりを強化しています。本省の専門官殿には合法化の議論よりも、取り締まり強化に向けた法整備を強く期待します」

彩の毅然とした態度に、大西は思わずストローを口から離し、気勢をそがれたような声で答えた。

「まあ、現場はそれでええわ。せやけど、これはそんなに簡単な問題ちゃうで。相手は変幻自在に脱法行為を繰り返すし、それをどこまで抑えられるか知恵比べや。まあ、こっちにも考えがあるから、法整備は任しといてもろたらええけど」

議論がある程度落ち着いた頃合いを見計らって、大西に告げた。

「では、そろそろ職務に戻ります」

大西は残っていたフラペチーノを飲み干すと、釘を刺すように彩を見た。

「なんか調子くるってもうたけど、佐藤参事官の動きには注意しいや。なんかあればいつでも連絡するんやで」

なんとか威厳を保とうとする大西の態度に、彩はどこか、かわいらしさを感じた。

「わかりました。ところで、ひとつだけ訊いていいですか」

大西が戸惑いながら、言い返す。

「なんや」

「おいくつですか」

大西があきれた顔で答える。

「失礼やな。どうせ童顔やから年下やと思てんねやろ。まだ三十路は踏んでへん。ぎりぎり二十代や」

だったら同い年ではないか。なんだか敬語を使っているのがばかばかしくなってきた。ただ、本省の採用枠はマトリとは別だ。彩は念のために訊いた。

「あのう、入省年度は？」

大西がきつい視線で答える。

「院卒やから、四年目や。せやけど、一種採用やからそこんとこよろしうに」

国家公務員一種。キャリアか。佐藤参事官も国家一種の事務官。二人ともプライドが高そうで相容れないだろう。彩は恭しく頭を下げて言い返した。

「わかりました。今後ともよろしくお願いします。大西専門官殿」

大西が鼻を鳴らして言い返す。

「なんか、バカにされているようで気色悪いわ。同い年やったら唯ちゃんでもええよ。ただし――」

大西の目が鋭く光った。

「公の場ではわきまえてや。ええな、霧島彩」

わざと呼び捨てで、にやにや笑う大西を見ながら、彩はしみじみと思った。どこまでも父親にそっくりだ。だったらこっちも遠慮はしない。

「じゃ、よろしくね。唯ちゃん」

彩がわざとなれなれしく言うと、大西は面白くなさそうに、カップの底にわずかに残ったフラペチーノをストローでずうずうと音をたてて吸った。

2

午前十時過ぎ。事務所に戻った彩に辰巳が声をかけた。

「堤課長が探してましたよ。一応、本省の方と外出したとは伝えておきましたが」

大西に連れられるまま、行き先も言わずに外に出てしまった。彩は辰巳に、ありがとう、と伝え、堤のデスクに向かった。

パソコン画面を見る堤に話しかけた。

「先週は遅くまでありがとうございました。ご迷惑をおかけしてすみません」

堤は顔を歪めて、大きく息を吐いた。パソコン画面を見つめたまま言い返す。

「おかげで次の日はすっかり二日酔いだった」

酒に強い堤が二日酔いになるのは珍しい。酔いに任せて一方的に絡んでしまったことは反省している。

「大西専門官に会ったそうだな」

「省内に大西前情報官のご令嬢がいるとは知りませんでした」

「父親にそっくりで驚いたんじゃないか」

「ええ、まあ、そうですね」

的を射た質問に思わず失笑してしまった。

「若いが優秀な官僚だ。今、危険ドラッグの法体系の整備を担当してもらっている。何かにつけて情報交換が必要だ」

彩がここぞとばかり、気になったことを打ち明けた。

「大西専門官は佐藤参事官に批判的な意見をお持ちのようですね」

堤が訝しげな視線を向けた。

「本人がそう言ったのか」

彩は頷いてから答える。

「いけすかんおばはんだと」

堤が顎を撫でながら彩を睨む。

「そういう言葉は慎んだほうがいいな。どこでどう伝わるかわからん」

大西の言葉をそのまま伝えただけなのだが、まずかったようだ。

「今朝の塩見の取り調べで、カリスマが鬼束龍一だとわかった。塩見に鬼束の写真を見せたら、同一人物だと言いやがった。あの道化にすっかり騙されたな」

「鬼束はカリスマの代理人だと言っていましたが」

「あの調子だと戯言だろ。いずれにせよ、あの男についてはもう少し調べてみる必要がある」

彩もそれには同意した。ただ、疑問はそれだけではない。

「もう一つ疑問があります。鬼束がカリスマだとしたら、塩見は鬼束の顧客のはずです。

顧客を売ったのはなぜでしょうか」

堤が即答する。

「顧客ではあるが、商売敵でもある。コンサルタントとしての報酬を受けとったうえで、同じエリアに店舗を持つ塩見を潰そうとした。それに鬼束は紅龍のメンバーだ。塩見が属する城東連合と敵対すると考えれば筋は通る」

やはりカリスマの正体は鬼束なのか。だとしたら——。

「やはり先日の鬼束の話は嘘だったのでしょうか」

「さあな、これ以上、カリスマに振り回されている暇はない。それより鑑定課から報告があるそうだ。おまえも同席しろ」

「鑑定課から？」

「これまでに押収したドラッグの鑑定結果が出たそうだ」

立入検査は班ごとに進めていたが、今のところ指定薬物が検出されたのは新宿の五店舗と密造工場だけだった。もっともこれまでは検体数が膨大で分析が追いついていなかったのだが。

堤が腕時計を見て、席を立った。

「そろそろ時間だ。行くぞ」

彩は堤に従い、会議室に向かった。

会議室には特捜チームのメンバーがほぼ全員集まっていた。鑑定課の神河課長と主任の吉沢が中央の席に座り、その横に黒木部長、佐藤参事官、堤課長が並んだ。

鑑定課課長の神河秀人は、長年、鑑定官としてマトリを支えてきた生粋の鑑定官で、薬学の博士号を持つ専門家だ。今回の危険ドラッグの分析では、鑑定課がフル稼働して規制薬物の実態調査を進めてきた。立入検査の件数自体はまだ少ないが、現時点での危険ドラッグの実態を知るうえで、分析結果は重要な指標となる。

神河が手元のパソコンを操作し、プロジェクターに画面を映し出した。分析結果がリストになっている。

神河が画面を見ながら説明する。

「見てもらっているのは、これまで収去、押収した化学物質の分析結果をまとめたものです。実に二百以上の化学物質が検出されました。ですが、そのうち規制薬物に指定されている物質はわずか五パーセント未満です」

神河が告げた数字に取締官たちが騒然とした。これまでガサを入れた歌舞伎町の七店舗のうち、五店舗を規制薬物の取り締まりで摘発した。だが実態は、規制薬物はほんのわずかで、大部分は危険ドラッグにもかかわらず合法的に売られていたことになる。

さらに神河が続ける。

「最初の新宿での立入検査で発見されたα－ＰＶＰは、その後の池袋、渋谷区他都内五か所のすべての店舗のドラッグから検出されておらず、調べた薬物の九割近くは規制外の物質でした」

彩は、手元資料として配られた分析結果に目を通した。たしかに神河の説明の通り、規制薬物は立入検査から三日目にして姿を消している。それに呼応するように、売られている危険ドラッグの銘柄も変わっている。

黒木部長が神河課長に質問した。

「つまり規制薬物の摘発から逃れるために新しいドラッグを作り出したということか」

神河は厳しい表情で首肯して付け加えた。

「それだけではありません。立入検査の情報が広がって、どの店も警戒しているようです。規制薬物は撤去し、新たに規制外の薬物を仕入れています。思った以上に敵の動きが速いと考えたほうがいいでしょう」

黒木が腕組みをして嘆いた。

「いくら指定薬物を増やしても、すぐに新たな新種が生まれてくる。しかも、立入検査の情報は瞬く間に広がり、先回りして規制を逃れる。まるで変異するウイルスのようだ」

黒木の言う通り、これだけ動きが速いと、指定薬物の認定に時間と手間を要する行政側は圧倒的に不利だ。

黒木がため息をついて神河に訊いた。

「我々はどう対処したらいいんだ」

神河は黙って目を瞑（つむ）った。堤も眉間に皺を寄せ、考えこんでいる。その時、佐藤が黒木に顔を向け、発言を求めた。

「よろしいでしょうか」

「なんだ、佐藤参事官」

佐藤は取締官たちをゆっくり見渡してから、冷静な口調で話した。

「事態は想定していた以上に深刻です。このままでは取り締まりは進まず、規制外の薬物が市中に出回り、薬物汚染はさらに深刻な事態となります。私にはこの事態を打開する妙案があります。この案なら、一気に形勢を逆転させ、すべての類似薬物を一斉に取り締まることができます」

黒木が身を乗り出すように佐藤に促す。

「どんな案だ？」

佐藤が黒木を一瞬見てから、説明を始めた。

「現在、危険ドラッグについては薬事法により有害と認められる物質を指定薬物とし、取り締まりの対象とする手法を採っています。これはいわゆるネガティブリスト、つまり禁止する薬物を指定するやり方です。これでは指定薬物になるまで取り締まりができません。スピード感に欠けるうえに行政手続きも複雑で、敵に情報を与え、反撃を待つようなものです。私が考えるのは逆転の発想です。つまり、ネガティブの反対、ポジティブリスト方式です」

会議室内がざわめいた。それまで黙って話を聞いていた取締官たちがそわそわしている。皆、佐藤が言わんとする意図に気づいているのだ。

黒木が深刻さを内包した表情で佐藤に指摘する。

「それは一部の危険ドラッグを認めるということか」

佐藤が慎重な表情で頷く。

「過激な案であるのは承知しています。ですが、認可制にすれば、我々行政機関の管理下でコントロールすることができるだけではなく、すべての未認可ドラッグの販売を停止することができます。安全性を確保し、認めることで、それ以外のすべてのドラッグを取り締まるのです」

黒木が表情を曇らせた。堤が眉根を寄せて佐藤に反論する。

「安全な危険ドラッグなど語義矛盾も甚だしく、本末転倒です。そんな案が通るはずがありません」

堤の意見に黒木も同調する。

「私も同意見だ。だいたい認可の基準をどうやって作るんだ。何よりもそんな案では、国民的な批判が噴出する。法案を出す前に潰される。とても現実的とは思えない」

大半の取締官は堤や黒木の意見に賛成だろう。そもそも麻薬取締官は行政官であり、立法に関与する権限はない。佐藤の案は一蹴されると思われたが、それまで発言を控えていた神河が意見を述べた。

「たしかに過激な意見ではあるが、現行の薬事法の許認可制に当てはめて適用できないだろうか。認可には時間がかかる。それを逆手にとって、その間に未認可の薬物を販売禁止にできればいい」

すぐに堤が反対意見を出した。

「しかし、認可を前提とした場合、法改正が必要でしょう。現状では改正薬事法の指定薬物制度を取り締まりの法的根拠としております。現行法との整合性がとれなくなります」

堤が説明したのは、まさに麻薬取締官に権限が付与されたばかりの危険ドラッグを縛るための法の網だ。指定薬物は、いわば有害性は詳しく解明されていないが、使用すると極めて危険な麻薬同様の物質と定義される。新種の麻薬の類似品はひとまず指定薬物として規制し、その後の研究で有害性が立証されてから麻薬に格上げするという仕組みになっている。佐藤の案はその仕組みを根底からひっくり返す考え方だ。

だが、ベテランの神河が佐藤を擁護する立場をとったことで、流れが変わった。取締官たちもあからさまに反対の声を上げる者がいなくなった。神河の横に座る吉沢も発言する。

「たしかに佐藤参事官の案は過激な案かもしれませんが、認可されなければ、販売できないということであれば、無認可、つまり今店舗で販売されているドラッグはすべて販売禁止にできます」

堤が吉沢に指摘する。

「我々はあくまでも現行の法律の下(もと)で業務を執行する。これは本省で検討すべき事案だ。我々は議論すべき立場にない」

堤の正論に佐藤が具申(ぐしん)する。

「しかし、堤課長。現場の声を上級官庁に届け、意見することも我々の仕事なのではないですか。現行の法律では取り締まりがままならない。このまま放置すれば、危険ドラッグによる事件は増え続け、販売グループはさらに膨張し、いずれ手が付けられなくなります。

それとも他に代案があるなら、今ここで提示してください」

佐藤に迫られ、堤は無言のまま佐藤を睨んだ。佐藤は勝ち誇ったように、口角を上げて黒木に視線を向けた。

「堤課長がおっしゃるとおり、私の案はたしかにポイズンピル、すなわち劇薬です。しかし、時に劇症には劇薬をもって荒療治をすべき時もあります。それに、これは何も私の思い付きではありません。すでに、他国で採用された実績のある案です。せっかくですから、皆さんにニュージーランドでの実例を紹介します」

佐藤は神河に目配せして、パソコンを借りた。サーバーにアクセスしてファイルを開いた。

「ニュージーランドの議会で承認された法案のドラフトです。現地当局の担当者から入手しました。ニュージーランド議会で成立した新精神作用物質法は、いわゆるドラッグを認可制としたものです。政府機関が審査し、リスクを確認、承認された製品のみが販売されます。もちろん、販売制限、年齢制限を設け、有害成分、健康への警告表示をしたうえで、製造者の特定ができるよう様々な基準・規則が設けられ、違反や依存症例が報告された場合、当局は製品回収を命じることができるようになっています」

さらに、と付け加え、佐藤は別の資料をプロジェクターに映し出した。

「危険ドラッグ研究の第一人者であり、国際麻薬規制法改正財団の理事長、アレクサンダー博士は、ニュージーランドで認められた法案にも影響を与えた人物です。彼はこの法律を評価し、こう述べています。この法律は国民を危険ドラッグから守るためのものだと。闇に潜った業者が蔓延り、リスクの高いドラッグの被害が絶えない。ハームリダクションの考えに基づき、リスクをコントロールしたドラッグを認めることで、違法なドラッグを規制できます。実際、ニュージーランドではこの法案の成立後、三千近い無認可販売店が摘発され、未審査のドラッグは減少に転じたと報告されています。このことは他の嗜好品にも当てはまります。禁酒法がいかに悪法だったかは、歴史を見れば一目瞭然です。違法薬物が悪の温床となるのは、イリーガルな商売に反社会的な勢力が群がるからです。適正で安全な流通を認めることで、そうした反社会的な勢力を排除できるのです」

参加していた取締官たちが、佐藤の説明に聞き入っていた。

ここまで準備していたのは、あらかじめこの展開を想定していたからに違いない。神河からの報告内容を事前に確認し、根回しをしていた。神河も元は本省の医薬食品局出身の官僚だ。同じ医薬畑の神河を抱き込んだに違いない。

黒木が議論を引きとるように話をまとめにかかった。

「佐藤参事官の主張はわかった。だが、先ほど堤課長が言った通り、麻薬取締部はその案件を検討する立場にはなく、権限もない」

黒木の姿勢に、佐藤はすぐさま意見をぶつけた。

「本件については、目下、本省の医薬局にかけあってワーキングチームを作るよう折衝しております。この件は私に任せていただけないでしょうか」

黒木はしばらく考える素振りを見せたが、最後は佐藤に圧された。

「わかった。本省とよく協議してくれ」

会議は佐藤の提案をなし崩し的に認める形で終わった。

取締官たちが退室する中、堤は席に残ったまま、腕組みしていた。彩もまた、席に残り、そんな堤の姿を見つめていた。

3

取締官たちが会議室から退出した後、彩は堤の席の前に立った。堤が陰りのある表情で彩を見上げた。

「どうした。会議は終わりだ」

「佐藤参事官の提案に、私は同意できません」

堤は大きく息を吐くと、強い口調で言った。

「同じくな。あんな法律は日本では認められない。それに——」

堤が拳を握り、机を叩いた。

「あんなものが認められたら、マトリの敗北を認めるようなものだ」

堤の強い言葉から、麻薬取締官としてのプライドを感じた。普段、冷静な堤が感情的になっているのは、結果が出ないもどかしさからだろう。事実、鑑定課の報告は、取締官たちの士気を下げるには十分な内容だった。佐藤参事官の提案が、それに拍車をかけた。

「今後の捜査方針はどうなりますか」

堤はゆるぎない意志を秘めた表情で答えた。

「方針は変わらない。まだ取り締まりは序盤だ。これまで通り、立入検査とガサで一つずつ潰していく」

まだ戦いは始まったばかりだ。だが、問題は次々と生み出される新たな危険ドラッグのループをどう止めるかだ。それには、ドラッグを作り出している元凶を叩くしかない。やはり、鬼束と接触して、情報を取るしかないのか。

彩が考えを巡らせていると、堤が席を立った。

「今晩から立入検査を再開する。販売店は関東だけでも百店舗以上ある。今はとにかく実態を摑んで何らかの手を考える」

　堤は頼むぞ、と彩の肩を叩いて、足早に会議室を出て行った。

　会議室を引き揚げようとした時、スマホが震えた。スマホの画面には見慣れない番号が表示されていた。電話に出ると、突然女性の声で名前を呼ばれた。

「霧島彩ね」

　咄嗟に気づいた。新田真理。鬼束の店でテスターをしていた少女だ。急性薬物中毒で入院した際、関東医科大学病院の酒井から呼び出されて会ったきりだった。彩は改めて会いに行くと伝えていたが、佐藤参事官から止められ、病院に任せたのだ。

「どうしてこの番号を――」

「鬼束から聞いたのよ」

　新宿のヘッドショップ『ハーブトライフル』のオーナー、鬼束には名刺を渡していた。

「なぜ病院に来なかったの？」

「忙しくて行けなかったのよ。それより具合はどうなの？」

「もう大丈夫よ」

「まさか、もうあの店に出入りしてないわよね」

真理に釘を刺すよう伝えたが、どうやら藪蛇だったようだ。

「それ、こっちの台詞なんだけど。まだあの店、取り締まっていないの」

真理の反撃に彩は言葉を濁した。

「こっちにもいろいろ事情があるのよ」

「あんな店ひとつ取り締まれないんじゃ、先が思いやられるわね」

「余計なお世話よ。あなたに心配される筋合いはないわ。それより、今日は平日でしょ。ちゃんと学校には行っているの」

「はあ？　そっちこそ余計なお世話よ。あなた私のお母さん？」

彩はあきれてため息を漏らした。ああ言えばこう言う。子供を相手に何をしているんだ。これ以上付き合っている暇はない。

「そうね。余計なお節介だったわね。じゃあね」

電話を切ろうとしたが、真理がそれを遮るように話しかけてくる。

「ねえ、今から会わない？」

「悪いけど仕事中なの。それじゃあね」

無理やり電話を切ろうとすると、おもむろに真理が放った言葉が彩を引き留めた。

「カリスマに会いたいんでしょ」

思わず聞き返した。

「カリスマ？　鬼束のこと？」

「違うわ。あいつはカリスマのマネージャーみたいなものよ。カリスマは表には出ないから、あいつを通しているだけ」

「なんであなたカリスマを知っているの？」

「会ってくれたら教えてあげるわ」

彩は腕時計を見た。まもなく正午になろうとしている。今なら昼の休憩で外出できる。

「わかったわ。どこに行けばいいの」

「せっかくだから近くまで来てあげたわ。九段下の駅近のマックにいるの。来れる？」

「今から行くわ」

彩は電話を切ると、会議室を出て、駅に向かった。

九段下駅近くの高架をくぐり、靖国（やすくに）通り沿いを歩くと、新田真理が指定したマクドナルドを見つけた。昼時とあって、店は混んでいた。店内を見回すと、奥のテーブル席に制服を着た若い女性が一人で座っている。この場所で昼にあの恰好は目立つ。すぐに新田真理だとわかった。彩は真理に向かい合うように座った。

「来たわよ」

真理は彩を見て、シェイクをストローで飲みながら、ひらひらと手を振った。

「その恰好、まるで学校から抜け出してきたみたいね」

真理はストローから口を離し、表情をやわらげた。

「ビンゴ」

真理の言い方にむっときたが、何を言っても余計なお世話だと言われるのがおちだ。保護者でもないのにとやかく言いたくない。彩は本題を切り出した。

「鬼束龍一について教えて」

「いきなりなんて野暮ね。ランチまだなんでしょ。何か食べたら」

「結構よ。教える気がないのなら、失礼するわ」

突き放すように言うと、すり寄ってくる。それが真理の特徴だ。

真理はしばらく彩を見つめていた。

「鬼束は本名じゃないわ」

「でしょうね」

「歌舞伎町のホストクラブで働いていた時の源氏名(げんじな)よ」

「あの男、元ホストなの」

「本人がそう言っていたのよ」

「いつからあの店のオーナーに？」

「あの店はホストで稼いだ金で鬼束が開いたのよ」

「紅龍に入ったきっかけは？」

「店のスタッフを集めるために利用したようね。カリスマレベルじゃないけど、半グレにしては珍しくクスリの基礎知識も持ってるわ」

クスリに詳しいということは、薬に関わる仕事をしていたということか。ますます鬼束という男の正体が摑めなくなってきた。

「そろそろ教えてくれない？　あの男は何者なの」

真理は不敵な笑みを浮かべ、彩を睨んだ。

「ここまでヒント出したんだから、あとは自分で調べてみたら」

真理は突き放すように言うと、ストローでシェイクを飲み始めた。

人を小馬鹿にしたような言い方。どこかで似た言い方を耳にしたことがあるような気がするが、思い出せない。ただ、真理は鬼束の正体を知っている。そして、おそらくカリスマのことも。

「あなた、カリスマが誰なのか知っているのね」

真理はストローを吸いながら、目だけが鋭く彩を捉えていた。シェイクを飲み干すと、カップを握りつぶした。

「カリスマは私にとっても大事な人なの。でも、大丈夫よ。あの人は守られている。あなたにも手を出せない固い守りにね」

真理の冷たい視線を撥ねのけるように彩が言い返す。

「カリスマが誰だろうと関係ない。違法薬物に関わる人間なら必ず逮捕する」

挑発するように言ったが、真理はあざ笑うように彩に言い返した。

「せいぜい頑張ってね。でもね、そんなことドラッグが認可制になれば無駄よ」

認可制はついさっき佐藤参事官が話したばかりだ。

「なぜそんな情報を知っているの？」

今度は真理が彩を挑発するように言う。

「あなたが何も知らないんでしょう、霧島彩さん。その調子じゃ、まだレッドデータにも辿り着いていないようね」

「レッドデータ？」

真理が小馬鹿にした笑いを漏らす。

「カリスマは規制を逃れるための創薬ソフトを作ったの。でも、本来の目的はそこじゃない。あれは完璧なドラッグを作るための仕組みよ」

「完璧なドラッグですって」

「そう。私みたいなメンヘラを助けてくれる完璧なドラッグ。安全で依存性もなく、すべての人が安心して嗜めるパーフェクトドラッグよ」

そんな薬物などありえない。どんな薬にも必ず副作用はある。摂取すれば、体に何らかの影響がある。違法か合法かを決めるのは安全性が担保されているかどうかだ。その手綱を握っているのが厚労省であり、行政の厳格な審査と規制によって、医薬品は初めて流通が許される。そのプロセスから外れた薬はすべてアンダーグラウンドであり、そんなものはパーフェクトドラッグなどではない。

「教えなさい、そのレッドデータって何？　なぜそんな馬鹿げた話を真に受けてるの？」

「レッドデータはカリスマが作り出したクリーンなドラッグのデータよ。私を満たし、救ってくれるドラッグ。汚れた世界の中でもっともピュアなドラッグよ」

クスリへの依存、いや信仰ともいえるこだわり。ここまでの情報を持つ新田真理とはいったい何者なのだ。

その時、彩は関東医科大学の酒井から教えられた真理の父親のことを思い出した。

「あなたの父親、アライドファーマの社長さんなのね」

「そうよ」

「だから、あなたは薬物にも詳しいし、クスリへの抵抗感がない。ということは、鬼束やカリスマも同じ業界に関係している人物なのね」

真理は黙ったまま嘲笑を浮かべた。

「そこから先はあなた自身で調べて」

真理はシェイクのカップを握りしめ、席を立った。

「ランチタイムはおしまいね。じゃあね」

真理はそう言うと、席を離れた。いくつものヒントを残して去った女子高生に、彩は不気味な影を感じながら、少し遅れて店を後にした。

4

午後八時。彩たち立入検査チームは池袋の店舗を回っていた。すでに販売店を三軒回り調査を進めてきた。立入検査は行政指導であるがゆえ、厚労省の身分を名乗り、店で販売している商品を収去する。危険ドラッグは覚せい剤のようにその場で検査し、逮捕に持ち込むことはできない。店員もそのあたりの事情がわかっているため、麻薬取締官を名乗っても、慌てることなく、まるでマニュアルでも読むかのように決まりきった台詞を繰り返す。

「違法な薬物は扱ってないっすよ」

「バスソルトとかお香ですから、服用はしないですよ」

「客には、一応、一筆書いてもらってますから」

店員が差し出した誓約書には『人体に摂取しないことを誓約します』と書かれ、署名までされている。

店員が言い逃れをする一方で、客には脱法ハーブの初心者向けのサイトを教えていることもわかっている。違法行為だとわかっていながら、罪の意識はまるでない。おまけに従業員に自分で使ったことがあるのか、と訊くと、商品には手を出さないんすよ、と答える始末。以前、歌舞伎町で摘発した店の従業員もハーブやドラッグについては全くの素人だった。

「試しに使ってみたんですけど、ラリって仕事にならないんすよ」

そう開き直る店員までいた。

危険性をわかっているから、自分はやらない。おまけに摘発すると、合法だと聞いています、と開き直る。危険ドラッグ業者は、これまで相手にしてきた覚せい剤の密売組織とは性質が異なる。密売組織のような自分たちがアンダーグラウンドな犯罪組織だという自覚がまるでない。堂々と表に店を出し、危険ドラッグを対面販売する連中を取り締まれないもどかしさに彩は苛立ちを覚えていた。

四軒目の立入検査を終えたとき、チームリーダーの森田がぼやいた。

「手応えがまるでないな」

「罪の意識がないばかりか、どこか客を見下していますね。まるで買っていく連中がバカだと思っているみたいです」

森田が同意した。

「だよなあ。なんか軽いっていうか、ヤクザと違って筋が通ってないっていうか、ありゃ、ただの詐欺集団だな」

森田の言う通り、危険ドラッグを扱う業者は、覚せい剤をしのぎにするヤクザとは明らかに違っている。

「さっきの店の店長、前は金融業をやってましたなんて言ってたけど、闇金だぜ。人を騙して金儲けするっていう点で、やり方は一緒だ。たまたま流行の商売に飛びついただけ。半グレってのは質が悪いな」

森田のボヤキを聞きながら、彩は、鬼束は同じ業者ながら毛色が違うと感じた。薬物に対する知識や情報量がまるで違う。人を食ったような物言いに騙され、詐欺集団かと思っていたが、どうやら出自が違うようだ。

「あと一軒あたったら、今日はあがろう」

森田に言われ、彩は疲れた体に気合を入れなおした。


東池袋で五軒目の立入検査が終わったのは、午後九時半を回った頃だった。この手の捜査にしては遅い時間ではないが、こうもふわっとした捜査では、どの程度成果が出ているのかわからず、変なストレスがたまる。薬物を分析してみるまでは手が出せない。これまでガサや現行犯逮捕で派手に薬物を摘発してきた取締官にとっては、張り合いがない。

「俺は事務所まで車で戻る。おまえたちはこのまま直帰でいいぞ」

「わかりました。お疲れさまでした」

彩は森田と別れ、辰巳と一緒に駅に向かった。彩が辰巳に声をかける。

「ちょっと遅いけど、軽く一杯やっていく？」

これまで辰巳と二人でゆっくり話す機会がなかった。ちょうどいい時間だし、打ち解けて仕事をするためにコミュニケーションを取りたかった。

「だったら、いい店があります」

「いいわね。どこ？」

「月島なんですけど、いいですか」

「帰り道だからいいわよ。あなたは？」

「深川だからちょうど通り道です」

「だったら、終電なくなってもタクシーで帰れるわね。まさか、門限なんてないわよね」

冗談めいて言うと、辰巳が笑いながら言い返した。

「霧島さんと飲みに行くのなら無制限だって、父から言われています」

余計なことを。一瞬、辰巳の父親の顔が思い浮かんだ。

「まあ、明日も仕事だから、ほどほどにね」

彩は辰巳とともに有楽町線に向かった。


月島駅で降りて、地上に上がった。午後十時を回っていたが、まだ街には活気がある。辰巳は彩を先導して、清澄通りから西仲通りに入った。通り沿いにもんじゃの看板を掲げた店が軒を連ねていた。

「もんじゃもいいわね」

「そっちはまた今度で」

辰巳はそう言ってスマホを出して、話しかけた。

「Ｓｉｒｉ、魚政を探して」

辰巳はスマホを見ながら、道案内する。そういえば、スマホにそんな機能があるのは知っていたが、案外使いこなせていなかった。

「そのＳｉｒｉって機能どうやって使うの？」

「霧島さんのスマホでも使えますよ。ちょっと貸してください」

辰巳はスマホ画面を彩に見せながら、素早く操作した。

「この状態で話しかければ大丈夫です」

「ありがとう」

辰巳はグーグルマップを頼りに店を探した。いい店があると言っていた割に、初めて行くような感じだ。

やがて辰巳は小さめの居酒屋に入った。カウンターとテーブル二組のこぢんまりした店構えだ。若いくせに随分と古風な店を選んだものだ。客が一人、カウンターで飲んでいる。厨房に立つ親方が辰巳を見て、いらっしゃいと威勢のいい挨拶をすると、すぐにカウンターの客に声をかけた。

「辰さん、娘さんがお見えだよ」

親方の声と客の風貌を見て、彩は思わず声を上げた。

「辰さん」

白髪のいがぐり頭。でっぷりとした下っ腹にねこ背。現役時代よりも少し太ったようだが、深い皺が刻まれた顔には当時と同じ懐かしさを感じた。

辰巳は彩を見て、飲んでいたホッピーのグラスを掲げた。

「おう、お嬢。先にやってるぞ」

後にも先にも彩をお嬢と呼ぶのは辰巳だけだ。

直が辰巳の隣の席を彩に勧める。

「ちょっと、辰さんが一緒なら先に言ってよ」

辰巳が直の頭越しに言う。

「俺が呼べって言ったんだよ。たまには退屈な老人の相手をしてくれ」

辰巳の話し方に懐かしさを覚えながら、彩は辰巳の隣の席に座った。

「大将、生を二つだ。それと適当につまみを出してくれ」

店主がビールを用意する間、彩は父と娘をまじまじと見比べた。

「それにしても辰巳さんにこんなかわいい娘さんがいたなんて」

にやにやしながら辰巳を見ると、辰巳はまんざらでもない顔で、茶化すんじゃねえよ、とホッピーを一口飲んだ。

「父親の後を継ごうなんて、今時、珍しい孝行娘じゃないですか」

辰巳が面白くなさそうに、娘を見た。

「俺は反対したんだが、こいつも言いだしたら聞かねえ質でなあ。まったくこんな商売選びやがって。俺は散々やめとけって言ったんだ」

「そういうところ、親譲りじゃないですか。血は争えないですね」

辰巳が鼻を鳴らして言い返す。

「バカやろう、俺はそんなに頑固じゃねえよ」

彩が思わず失笑したところに、カウンター越しに生ビールのジョッキが出てきた。ジョッキを受けとると、辰巳がグラスを掲げた。

「久しぶりだな、お嬢」

「こちらこそご無沙汰です」

彩は、辰巳と直と交互に乾杯して、ジョッキを傾けた。一気に半分くらいを喉に流し込む。すきっ腹のまま飲んだせいか、すぐに酔いが回ってきた。

「相変わらずいい飲みっぷりだな」

「飲まなきゃやってられませんよ」

辰巳が心配した目で彩を見た。

「新しいドラッグに随分と手を焼いてるみたいだな」

彩はため息をついて頷いた。

「引退したロートルにゃあ、たいした助言はできねえが、愚痴のひとつぐらいなら聞いてやるぜ」

つい昔の癖で辰巳に甘えてしまった。思えば仕事に行き詰まった時、辰巳はいつもさりげなく声をかけて愚痴を聞いてくれていた。

「正直やられっぱなしです。いままでとは違う敵が現れたって感じです」

「まあ、俺はニュースでしか知らねえが、シャブと違って危険ドラッグてのは、手を出しやすいのかもしれねえな。だけどありゃあ、ソフトドラッグなんかじゃねえな。質の悪いハードドラッグだ。なかなか厄介なブツだよ」

辰巳の耳にも、捜査の情報は多少なりとも入っているはずだ。彩は、取り締まりの現状や部内の体制についてかいつまんで話した。

「一番の問題は、指定薬物に入らない限り、摘発ができないことです。時間をかけて規制してもすぐに規制外の薬物が出回ります。これでは永遠に続くもぐらたたきです」

辰巳は何度か頷きながら、腕を組んで遠くに視線を移した。

「これまでマトリは薬事法を使って捜査をした経験がねえ。麻薬五法さえあれば大抵の捜査には事足りた。俺は新しいドラッグの仕組みはよくわからねえが、マトリが本腰入れて取り締まらないとえれえことになる」

辰巳は腕組みを解くと、彩に視線を戻した。

「こういう時には組織の結束が大切だ。行政が一枚岩で知恵を出せば、おのずと道は開けるもんだ」

具体的な解決策はないが、長年の経験に裏打ちされた辰巳の意見に、彩は思わず首を縦に振った。

辰巳はさらに熱のこもった口調で続けた。

「解決には取締官だけじゃなく、本省、それに政治的な動きも大切だ。法を作るのは役人と政治家だ。同じ方向を向いていれば問題ないが、省内の足並みはそろってるのか」

「それなんですが――」

彩は佐藤参事官が訴えるドラッグの認可制に触れた。

辰巳はそれを聞いて大きく息を吐いた。

「その佐藤っていう官僚は知らねえが、俺みたいな古い気質の取締官にとっちゃ、認可なんてナンセンスだ。また昔みたいに戻っちまうんじゃないかって心配しちまう」

「昔って？」

　未だかつてドラッグが認可されたという話は聞いたことがない。だが、辰巳が言う昔はもっと古い時代の話だった。

「俺が取締官になる前は、まだマトリに覚せい剤を取り締まる権限は与えられていなかった。そもそも覚せい剤は戦時中に兵士の士気高揚に利用されていた。戦後、大量に余った覚せい剤は、ヒロポンのような強壮剤として、あたりまえに買えたんだ。戦後の混乱期にはそんな薬も必要だったのかもしれねえが、規制されるまで随分と中毒者を出しちまった。覚せい剤取締法が改正されて、麻薬取締官にも権限が与えられてから、撲滅しようと取り組んできたはずだ。だが、未だに覚せい剤はなくならねえ。密売組織が大きくなって巨大なマーケットが形成されちまった。一時でも、シャブに市民権を与えていたことが仇[あだ]になったのは間違いねえ。危険ドラッグってのも同じ道を辿らないか心配だ」

　彩にも取締官として同じ思いがある。だが、省内には違う意見があるのも事実だ。

　これまで黙っていた直が話に割り込んだ。

「私はそうは思いません。佐藤参事官の考えには賛成です」

　辰巳が興味深そうに、娘に顔を向けた。

「ほう、たまにはおまえの話も聞こうじゃねえか」

直は辰巳と彩に向けて指を三本立てた。

「私が認可制に賛成なのは、三つの理由からです」

辰巳が頷く。彩も黙って話に耳を傾ける。

「ひとつは、覚せい剤も危険ドラッグも、規制すると同時にブラックマーケットを形成してしまうというジレンマがあることです。覚せい剤の取り締まりに未だ先が見えないのは、反社会勢力の資金源になっているからです。覚せい剤に限らず、非合法なドラッグは犯罪組織の資金源としてマネーロンダリングなどの別の犯罪も生み出しています。アフガニスタンではヘロインの売却益がテロ組織の資金源になっているし、アメリカ政府は過去、数十億ドルを投じてコロンビアのカルテルを弱体化させたけど、新たにメキシコを拠点にしたカルテルが台頭して、麻薬戦争は続いています。違法薬物の規制はかつての禁酒法と同じ。密造で巨額の資金を掴んだマフィアたちを肥え太らせ、警察や役人の腐敗を招く。正規に流通される嗜好品であれば、こんな事態は生じません」

直の論拠は大麻合法化論者と同じだ。反論は色々とあるが、彩は黙って続きを聞いた。

「二つ目は、そもそも大麻やケミカルドラッグの一部は、どれほどの毒性があるかわからないという点です。たしかにイリーガルなドラッグや覚せい剤は、依存性から危険性が立証されているけど、他国には嗜好用大麻を合法化した国もある。佐藤参事官が言うように、ハームリダクションは薬物依存者の回復に有効だということがわかっています。そして、三つ目。これは個人的な意見ですけど、現代社会を生きていくには、何らかの嗜好や依存が必要だって思うんです。ストレスをためながら、毎日をやり過ごすには、楽しみがなければ、耐えられない。お父さんが飲んでいるそのお酒は安全だと言えるかしら。どんなお酒だって飲み過ぎれば毒よ。ある研究機関によればタバコやアルコールによる依存性は大麻よりもはるかに強いというデータもあるわ。副次的な健康被害を含めると、タバコやアルコールで命を落とした人は相当数いる。だからってアルコールやタバコを全面的に禁止したら、どうなるの。密造が横行した挙句、税収も減る。社会に潤滑油がなくなってそれこそ、犯罪が横行する。世の中はストレスで埋め尽くされて、殺伐とした世界になるんじゃないかしら。私はそんなにお酒は強くないけど、たしなむ程度には楽しめる。すべてのドラッグがそうじゃないけど、そんなプラスの側面を持ったケミカルドラッグならあってもいいんじゃないかと思います」

直が話し終わったところで、辰巳が彩に囁いた。

「で、お嬢はなんか言いたいんじゃないのか」

彩は辰巳に目配せすると、直をまっすぐに見た。

「あなたの論拠は大麻合法化論者と同じね。話にならないわ」

直が眉間に皺を寄せ、彩を見つめた。

「大麻とケミカルドラッグは同じではないわ。大麻合法化と同じ論拠は通用しない。危険ドラッグは化学物質よ。タバコや酒とは違う。薬品や化学物質には、厳格な基準や安全性が必要よ。薬品は臨床試験を経て効果効能、副作用を検証し、安全性を担保したうえで、認可される。化学物質にも安全基準を決め、人体を害するものは規制が必要なのよ。日本は医薬品の認可基準を厳しくしているからこそ、オピオイドのような麻薬性薬物による汚染が深刻化していない。それにハームリダクションはまだまだ議論が必要だし、嗜好品と医薬品は分けて考えるべきね。加えて、合法化は一度やれば不可逆よ。どれくらい社会に影響があるのかわからないまま進めるのはリスクがありすぎる。

だいたいストレス解消なら、お酒やタバコでいいじゃない。精神疾患や不安障害にはちゃんとした治療薬がある。寂しさを紛らわすために、わざわざ安全基準のない得体の知れないドラッグに手を出すなんて軽率よ。巷で売られている脱法ハーブの類は、たとえ安全性が確認されても、依存性はあるわ。依存度が増せば、次に手を出すのは覚せい剤やコカイン。合法化されたケミカルドラッグは違法薬物へ向けて地獄の扉を叩くようなもの。たとえ、看守を置いても、ゲートをくぐった先には一定の依存者が生まれる。快楽には底がないのよ。どこまでも深く堕ちていって、行きつく先は地獄よ。そのゲートは決して開けてはいけない。私はそう信じているわ」

彩が話し終えた時、直は黙ったまま下を向いていた。言い過ぎたか、そう気づいた時は遅かった。場に嫌な沈黙が流れた。そんな空気を読んでか、辰巳が彩と直を交互に見た。

「まあ、意見はいろいろあっていい。ただな、ひとつだけ言わせてくれ。酒とドラッグは同じじゃねえ」

「どこが違うの？」

直が父親に噛みついた。

辰巳はホッピーのグラスをぐっと飲み干すと、にたにた笑いながら直を見た。

「そりゃおめえ、決まってんだろう。酒は旨い。嗜好品としてよくできてるじゃねえか」

辰巳はからからと笑いながら、店主に「お代わり」と言った。直はむっとしたまま、ビールを飲み始めた。さりげなく娘をフォローする辰巳に、父親としての優しさを感じた。

辰巳が彩に体を向けて話題を変えた。

「ところで、省内に味方はいないのか」

「マトリは佐藤参事官の意見に反対です。ただ、本省の医薬局は佐藤参事官のシンパが多いと思います」

「マトリの管轄は麻薬対策課だろう」

辰巳に言われ、彩は大西の娘を思い出した。

「そういえば、大西さんの娘さんが、麻薬対策課で専門官をしています」

大西の名前を出した後、彩は自分の不用意さに気づいた。辰巳がマトリをやめる原因を作ったのは大西前情報官だ。かつて辰巳が潜入していた密売組織との癒着を大西が糾し、辰巳は自ら職を辞したのだ。

辰巳が過去を振り返るような遠い目をした。

「大西の件は残念だった。優秀な取締官だっただけにマトリにとっては痛いな」

辰巳は、大西が殉職したことを知っていた。

「辰さん、大西さんに引導を渡されたのにそんな言い方――」

「いいんだよ。あれが潮時だったんだ。それにあいつが言うこたあ正論だった。しがらみに縛られてちゃあ、まともにものが言えなくなっちまう。おかげで今はのんびりさせてもらっている」

辰巳が憂いを湛えた目で彩を見つめた。

「大西の娘なら、きっとしがらみなんかをぶっ壊して正論でものを言うだろう。だがな、組織を動かすにはそれだけじゃだめだ」

辰巳は、これまで以上に真剣な表情で彩を諭した。

「いいか、お嬢。取り締まりってのは、今も昔も変わらねえ、要は人だ。ヤクザと半グレはたしかに違うが、やっぱり人よ。そいつの筋をよく読んでみろ。大西が正しいと思ったら助けてやれ。仲間を見つけて結束するんだ。最後は人の力がモノを言う」

傍らで聞いていた直が、居心地悪そうに席を立った。父親に反論して、彩にも賛同されなかったからか。彩は直の気持ちを推し量り、心配した。辰巳がそんな彩の様子に気づいたように耳元で囁いた。

「お嬢、あいつのことを頼む。俺に似て不器用で融通が利かねえ。真面目しか取り柄はないが、せっかく目指した道だ。いっぱしの取締官に育ててやってくれ」

辰巳が柄にもなく頭を下げた。娘を思う気持ちに思わず胸が熱くなった。

「立派なお嬢さんじゃないですか。私が教えなくても現場で学んでいきますよ。私がそうでしたから」

「たしかにお嬢のようなやんちゃな取締官になっちゃ困るな。悪いことだけは教えねえでくれ」

冗談ともつかない言い方に彩はむっとした。

「ちょっと変なこと言わないでくださいよ。私は従順に先輩たちを見倣って――」

そこに直が戻ってきた。辰巳は彩から顔を移し、席を立った。

「そろそろ行くぜ」

彩が辰巳を睨んで言い返す。

「まだ話が終わってないですよ」

辰巳はふんと鼻で笑い、表情を緩めて彩を見た。

「お嬢、あんまし背負うんじゃねえぞ」

辰巳に言われた最後の一言が一番刺さった。

「大将、ツケで頼む」

辰巳が足元をふらつかせ、直が肩を支えながら店を出て行くのを、彩は温かい目で見守った。

5

七月八日。早朝、事務所に顔を出してすぐ森田に声をかけられた。

「昨日収去したドラッグの分析結果が出たそうだ」

「もうですか」

「池袋のチームが一番着手が早かったからな。まだ、速報だが、堤課長にも声をかけた」

彩は直の席を見た。昨日は日付が変わった後、店を出た。いつもは一番に事務所にいるのに今朝は珍しく遅い。

彩が鑑定課に向かおうとした時、タイミングよく直が捜査課のフロアに入ってきた。

「おはよう。昨日はお疲れだったわね」

辰巳は申し訳程度に頭を下げた。二日酔いというほどには飲んでいないはずだが、どこか元気がない。

「鑑定課に呼ばれているから、顔出してくれる」

「わかりました」

声に張りがない。昨日のことを気にしているのだろうか。

「待ってるわね」

彩はそれだけ伝えて、鑑定課のフロアに急いだ。移動しながら昨日のことを思い出した。意見の相違はある。ただ、強く言い過ぎたかもしれない。もちろん、ドラッグの合法化など到底認められない。とはいえ、佐藤参事官が主張する意見に賛同するのを批判する権利はない。意見の食い違いで指揮命令系統が乱れるのが何より心配だった。彩も直も堤の部下だ。堤の方針に従うのが組織の人間だ。そのことだけはわかってほしかった。

鑑定課のフロアに行くと、吉沢、堤、森田がテーブルを囲み、難しい面持ちで鑑定結果を見つめていた。

「遅くなりました」

吉沢が彩に気づくと、鑑定結果を手渡した。データを見て、集まったメンバーが深刻な表情を浮かべている理由がわかった。

「指定薬物がまったく検出されていません」

彩が吉沢に訴えると、吉沢が頷いた。

「そうなのよ。しかも、半分以上が新種のドラッグよ」

堤が顔を上げて吉沢に訊いた。

「他のエリアのデータは？」

「今やっていますが、パッケージの銘柄を見る限り、一新されているように思います」

堤が腕組みした。そこに直が遅れて入ってきた。彩は持っていたデータを直に渡した。

森田が堤に指示を仰いだ。

「このまま立入検査を続けますか」

「もちろんだ。ただし、やり方は考える」

堤は考えると言ったものの、具体的な指示はなかった。

「他のデータが揃ったら教えてくれ。森田、今晩の立入検査の計画を立てろ。霧島は俺と

「一緒に来い」

堤に呼ばれ、彩は鑑定課のフロアを離れた。堤は部屋を出ると、まっすぐエレベーターに乗り、一階のボタンを押した。

「どこに行くんですか」

「スタバだ」

「もしかして大西専門官ですか」

堤が驚いた顔で彩を見た。

「なんでわかった？」

「以前もスタバに連れ出されましたから」

「そうか。おまえを連れてこいと言われている」

「なんの話ですか」

「それを今から聞きに行く」

彩はそれ以上質問を挟まず、黙って堤の背中を追いかけた。

スタバに入ると、店の奥にあるソファー席で手を振る大西専門官を見つけた。相変わらずフラペチーノを飲んでいる。大西が堤に挨拶をする。

「わざわざ来てもろて、ほんますんません」

関西弁は変わらないが、堤がいるせいか、幾分言葉遣いが丁寧だ。

堤が席に座ると、彩が訊いた。

「何か買ってきます」

堤が財布から千円札を抜いて渡した。

「悪いがアイスコーヒーを頼む」

大西が空になったカップを掲げた。

「ほな、わたしお代わりもろてええかしら」

調子にのってあんたもか。彩ははいはい、と答えてカウンターに足を向けた。背中に大西の声が聞こえた。

「クリーム多めで頼むわ」

あきれながら、彩は足早にカウンターに向かった。店員に注文を伝えて、ドリンクができ上がるのを待つ。三分ほど待たされ、トレイにドリンクを乗せて、席に戻った。

大西がトレイを見て、指差した。

「クリーム多め言うたやんか」

彩は思わずトレイをひっくり返しそうになった。面倒くさいと思いながら、カウンターに戻ろうとすると、大西が手を振った。

「時間ないからええわ。はよ席に着いてや」

彩は苛立ちを抑えながら座った。大西が早速、本題を切り出した。

「本省でソフトドラッグの認可制を検討するワーキングチームが立ち上がりました。早速佐藤参事官が動いていると思います」

昨日の会議で話す前に根回しを進めていたということか。

堤が大西に顔を近づけ、質問した。

「メンバーは？」

「医薬品審査管理課と医薬安全対策課、それに麻薬対策課の課長補佐クラスが中心ですが、旗振りは医薬品審査管理課です」

堤が眉根を寄せて大西を見つめた。

「なぜ麻薬対策課じゃないいんだ」

「うちの課は最初から反対の立場ですから、ワーキングチーム自体に消極的なんですよ。それに賛成派も、すぐに嗜好品として検討することはさすがに時期尚早との認識です。反対派が黙っとらんやろうし、世論の反対も強いはずです。まずはハームリダクションとか医療用大麻を先に検討するんちゃうかな」

堤が納得したように返す。

「なるほど、それなら医薬系の部局を中心に話を進められるな」

「せやけど、佐藤参事官の狙いは、危険ドラッグの規制対策につなげることです。古巣の医薬関連部署に根回ししとんのは、その前段階やと思います。佐藤さんは局長クラスにも顔利くし、利権をちらつかせて多数派工作をやってんのと違うやろうか」

彩が気になった点を大西に訊いた。

「多数派工作って、一介の職員になんでそんなことができるんですか」

大西が彩に視線を向けた。

「あんた知らんの？　佐藤さんの旦那、製薬会社の社長なんや。まあ、離婚してもうたから、元旦那やけど。厚労省の族議員にぎょうさん政治献金しとるから、政界ともつながってるんやないか」

「その製薬会社ってどこの会社ですか」

「アライドファーマちゅう大手や。米国のアライドメディカルグループが、日本の中堅製薬会社を買収して日本法人アライドファーマジャパンを作った際に、社長に抜擢されたのが新田慎一郎や。新田は米国本社の新薬開発に協力する裏で、独自の新薬開発にも着手しとるみたいや。もともと新田は、抗精神薬とか睡眠薬、麻酔関連の医薬品を手掛けとったからなあ。どや、怪しい臭いがするやろう」

アライドファーマ？　まさか、新田真理の——。

大西の話を聞いて、彩の思考回路がつながった。

「あの子、佐藤参事官の娘だったんだ」

彩の発言に大西が食いついた。大西の視線を感じ、彩は新田真理について、真理から聞いたカリスマドラッグデザイナー、そしてレッドデータと言われる謎の構造式について話した。

「そういうわけで、急性薬物中毒で入院していた新田真理の父親が、アライドファーマの社長だったんです」

堤が顎を撫でながら、彩に訊いた。

「なぜ新田真理は、カリスマやレッドデータのことを知っているんだ」

「恐らく、鬼束から聞いたんでしょう。あの男を調べれば、カリスマの正体やアライドファーマとの関わりも見えてくると思います」

「佐藤参事官との関係もやな」

大西が目を光らせ、彩を見た。

「あんたなかなかええネタ持ってるやん。鬼束ちゅう半グレとレッドデータは、こっちでも調べてみるわ。その線から佐藤を切り崩せるかもしれへんし」

「でも、相手は高校生ですよ。そんなことしたら――」

「関係あらへん。それに相手は製薬会社と癒着しとる政治家やで。利権がらみの嗜好性ドラッグやったら製薬会社も儲かるし、許認可団体を作ったら、高級官僚の天下り先も増える、ちゅうもんや。みーんなおいしい話やけど、合法化なんてされたらえらいことになる。それこそ日本はドラッグの無法地帯になってしまうんやで」

大西の言動から、佐藤に対しての嫌悪感だけでなく、強い危機感も持っているのはよくわかった。こういうところも父親そっくりだ。

「霧島さん、あんたさっきの女子高生の件、頼むで」

大西にそう言われたが、彩には躊躇(ためら)いがあった。

「お言葉ですが、相手はまだ十八歳ですよ。スキャンダルなんかでマスコミに名前が出たら、あの子の人生が――」

「甘い」

大西の地を這(は)うような低い声に思わず彩は口を閉ざした。大西が冷めた視線を向けた。

「あんた、やっぱりあまあまやな」

「なんですって」

「ええか、耳がついてんのやったらよう聞きや。女子高生が危険なドラッグに手え出しとんのや。それを見逃すほうがその子の人生壊すんちゃうか。それに、危険ドラッグを取り締まる立場の行政官が、自分の娘も教育できひんのはまずいやろ。あんたかて、すぐに警察に引き渡すなりせなあかんかったんとちゃうのん」

大西が彩に顔を近づける。

「同情はあかん。それが時に人を殺すんや。もっと非情にならなあかん。強い使命感があれば、できるはずや」

大西の言葉がずんと胸に響いた。まるで大西前情報官が憑依（ひょうい）しているようだった。

大西がストローをずうずういわせながら、フラペチーノを飲み干した。

「ほな、堤課長、霧島さん、よろしゅうお願いします」

穏やかな声で頭を下げる大西に、彩は完全に頭を押さえられた気がした。

第四章　リーク

1

午後一時過ぎ。堤が突然チームメンバーを会議室に招集した。

「捜査について話がある」

そう告げた堤は、取締官たちが席に着いて間もなく、単刀直入に切り出した。

「まずは資料を見てほしい」

取締官の間で資料をめくる音が聞こえた。すぐに会議室に騒めき（ざわめき）が起こった。堤は集まったメンバーの様子を見渡しつつ、説明を始めた。

「先週立入検査に入った十二店舗から収去したドラッグの分析結果が出た。指定薬物が出たのは二軒だけだ。それ以外はすべて規制を逃れていた。現状をふまえると、未規制のドラッグを指定薬物へ認定するのが最優先事項だ。だが、薬物の毒性を立証したうえで、指定薬物に認定するには時間がかかる。そのため、しばらく立入検査を休止して捜査を立て直す」

ベテランの森田が堤に疑問を呈した。

「指定薬物にリストアップしている間に、次々に新しいドラッグが出てきたんじゃ、いつまでたっても追いつきません」

堤が深く頷いてから答える。

「その通りだ。今のままでは埒（らち）が明かない。だから、新たな取り締まりの対策を立て直すんだ」

別の取締官からも声が上がった。

「その策というのは具体的にあるんですか」

堤が力強い声で即答した。

「ある。販売店を一気に潰す作戦だ。目下、本省と調整中だ。準備ができてから、改めて伝える。それまでは通常業務に戻れ」

堤はそれ以上質問を受け付けず、会議を解散させた。

「今日から早く帰れるな」

彩の隣に座っていた森田がぼやいた。

「それにしても、一気に潰すってどうするつもりでしょう」

「さあな、何か秘策があるんじゃないか」

堤は具体的な策については話さなかった。堤なりに考えがあるのだろうが、彩の脳裏には、佐藤参事官が進めているドラッグの合法化が過った。だが、堤はその意見に反対していたはずだ。

会議は早々に散会した。彩は真意を確かめるため、堤を引き留めた。

「さっきの販売店を一気に潰す作戦ですが、何かお考えでもあるんですか」

「根拠のない話はしない」

「どんな秘策ですか」

堤は周囲に気を配りながら、声のトーンを落とした。

「まだ決定ではないから、誰にも話すな。捜査の形勢を一気に反転させるウルトラCだ。今、本省の課長補佐レベルと調整している」

「それも大西専門官のアイデアですか」

「企画したのはたしかに大西専門官だが、アイデア自体は麻薬対策課の二階堂課長だ。薬事法の専門家で法律の運用にも長けている。麻薬対策課は、徹底した取り締まりの方向でまとまっている」

　堤の力のこもった眼差しに彩は期待を抱いた。頭脳集団が考えた策を現場が実行する。そうやって組織は大きな歯車を動かすことができる。ただ、油断はできない。歯車はいくつもある。中には逆行する歯車もある。

「勝負はこれからだ。相手が誰であろうと、我々は必ず危険ドラッグを叩き潰す」

　堤は彩の肩を叩いて、会議室を後にした。


　彩は会議室を出て、捜査課のデスクに戻ってから気づいた。辰巳の姿が見えない。そういえば会議室にもいなかった。彩は隣の席に座る森田に訊いた。

「辰巳を見ませんでしたか」

「あいつなら体調が悪そうだったから、早退させた。慣れない捜査で疲れていたんだろう。しばらく立入検査はなくなったし、少し休ませよう」

　体調不良か。今朝顔を合わせた時も、どこか元気がなかった。ただの疲れならいいが、昨日の口論を気にしているのかもしれない。やはり昨日は言い過ぎただろうか。後で電話してみよう。

　彩がパソコンを開くと、森田が突然声を上げた。

「あちゃー、また事件だ」

彩は椅子を滑らせ、森田が見ているパソコン画面を脇から覗いた。ネットニュースに流れていたのは危険ドラッグに関連した事件だった。

人気モデル秋山ひろみが急死　危険ドラッグが原因か

——本日未明、タレントで人気モデルの秋山ひろみさんが都内の病院に意識不明の状態で救急搬送された。すぐに救命措置が取られたが、意識は戻らず、午前二時過ぎに死亡した。

関係者への取材で、秋山さんは昨日、六本木のクラブで友人数名と酒を飲んでいたことがわかっている。

秋山さんは、過去に俳優の三井雄介氏との交際が週刊誌にスクープされている。昨年、三井氏が覚せい剤取締法で逮捕された際、秋山さんも違法薬物の使用を疑われていた。秋山さんには半グレ集団『紅龍』との関係も噂されており、メンバーと六本木のクラブにいるところを何度も目撃されている。クラブの店員は取材に対して、「常連でしたね。いつもVIPルームを使って男性数人と騒いでいました」と話した。

昨日も酩酊した秋山さんの姿を何人かの客が見ているが、ドラッグを使用していたかについてははっきりとわかっていない。

所属事務所は「突然のことで、まだ詳しい状況はわからない」とコメントしている。


「これでまた危険ドラッグが世間の話題になるな」

森田が両手を後頭部につけ、ため息をついた。いかにもマスコミが飛びつきそうなネタだ。だが、彩が気になったのは秋山と関連があったという紅龍、そして常連だったという六本木のクラブだ。

――紅龍ということは、もしかすると、あのクラブか。

以前、堤とともに行った『ＢＡＢＥＬ』というクラブを思い出した、薬物コンサルタントとコンタクトを取り、店を指定されて出向いたが、待っていたのは鬼束だった。紅龍があのクラブを使っていたのであれば、今回の事件に鬼束が関わっていた可能性がある。

「芸能人が犠牲になったとなると、これまで以上に世間が騒ぎ出す。行政への風当たりが強くなるだろうな。こんな実害が出ているのに、取り締まりができないなんて、歯がゆいな」

森田の愚痴に彩も同感した。有効な捜査ができない現状で、佐藤参事官が認可制を全面的に主張するきっかけにならなければいいのだが。

彩が仕事を始めようとした時、スマホが震えた。ディスプレイに非通知の表示。嫌な予感がした。電話に出ると、すぐに相手がわかった。

「はぁあい、彩ちゃん。おげんきぃ？」

鬼束の粘りつくような声に、思わずスマホを耳から離した。

「何の用？」

「ニュース見たか」

「何のニュースよ」

「バカなタレントがドラッグのやり過ぎで死んだらしいじゃねえか」

「やっぱりあなたが関係しているのね」

「俺は知らねえよ。ありゃ紅龍のおもちゃだった女だ。随分と派手に楽しんでたぜ。薬漬けで何度も店で輪姦（まわ）したんだ。だいぶ強い薬を頼まれたからな。もちろん、合法のやつだ。俺はやめとけって言ったんだ。奴らは限度ってもんを知らない。快楽には底がねえ。歯止めってのは必要だ。だったら、あんたたちがその歯止めを作ったほうがいいんじゃねえか」

「歯止め？　なんのこと？」

「あんたたちがドラッグを合法化しようとしてるってのは知ってる。なんなら協力してやってもいいんだぜ」

「なぜあなたがそんなことを知っているの？」

「俺だって、ダテにこの業界に身を置いてるわけじゃねえんだ。そのぐらいの情報はもってるさ。悪いことは言わねえ、早く手を打たねえと、次の犠牲者が出ちまうんじゃねえか」

「あんたが危険な薬物を売らなきゃこんなことにはならないわ」

「だったらあんたたちがしっかり取り締まればいいだろう。俺は求められたら作る。もちろん違法な行為はしないでな」

鬼束の意図がわからず、彩は混乱した。そもそも、この挑発のような電話の目的は何だ。

「わざわざそのために電話してきたの」

「いや、この前あんたと一緒にいた若いねーちゃんが、うちの店でなんだか怪しいことしてたんでなぁ。おれはちょっと心配だったから教えてやったんだ」

辰巳だ。急に全身に悪寒（おかん）が走った。スマホを握りしめ鬼束に質す。

「辰巳に何をしたの？」

「俺は知らねえよ。店長が気になったみたいで、紅龍の連中を呼んだんだ」

「今どこにいるの？」

「新宿の店だ」

「わかった。今から行くわ」

「急いだほうがいいぜ。紅龍にも危なっかしい連中がいるからな。女をおもちゃとしか思ってないような連中がな。あのタレントみたいにならねえように気をつけな」

鬼束の電話は唐突に切れた。彩はスマホを握りしめたまましばらく考えた。一人で行くのは危険だ。堤のデスクを見る。不在だった。堤の携帯にかけたがつながらない。このまま放置するわけにはいかない。仕方なく彩は単身事務所を出た。

2

事務所を出てすぐにタクシーを拾った。とにかく一刻も早く新宿に着きたかった。

運転手に歌舞伎町と伝えてから、彩は辰巳のスマホに電話した。着信音が鳴らない。スマホの電源が切られているようだ。運転手に急ぐように伝えた。幸い靖国通りは流れている。二十分もあれば新宿に着けるはずだ。

タクシーに乗っている間も落ち着かなかった。辰巳はなぜ鬼束の店に一人で行ったのか。独自に捜査をしようと思ったのか、それとも鬼束に誘われたのか。ともかく早く辰巳の無事を確かめたい。彩は祈るような気持ちで新宿に着くのを待った。

タクシーが歌舞伎町一番街の前で止まると、彩はタクシーを降りて、鬼束の店まで走った。鬼束から電話が入って三十分近くが過ぎている。辰巳を襲う最悪の事態を考え、いてもたってもいられず、事務所を飛び出したが、これが鬼束の罠だとしたら、何の武器も持たずに敵の陣地に乗り込むようなものだ。

彩は店に入る前に、もう一度堤の携帯に連絡した。だが、電話はつながらなかった。着信を待っている余裕はない。気づけば折り返してくれるはずだ。彩は意を決して店に入った。

ハーブトライフルの店内はがらんとしていた。以前、来た時は壁に商品が飾られ、ＰＯＰやポスターが貼られていた。だが、店から商品は撤去され、段ボールが積み上げられている。

店内に人影はなかった。薄暗い店の中を歩き、レジの奥にある事務所の中を覗こうとした。その時、突然背後から肩を摑まれた。彩は抱きかかえられ、椅子の上に座らされた。両腕を摑まれ、体ごと紐で巻かれ、椅子に縛りつけられる。上半身が椅子に固定された。両足をばたつかせ、抵抗したが、足首を縛られ、身動きが取れなくなった。

鬼束の顔が彩に迫ってきた。

「これでゆっくり話せるな。ああ、心配すんな、あんたに何かしようとは思ってねえ。暴れられると面倒だからこうしただけだ。ちょっとの間、我慢してくれ」

「辰巳はどこにいるの？」

「大人しく俺の話を聞いてくれりゃ、すぐに会わせてやるよ」

「無事なんでしょうね」

鬼束は両手を広げ、首を傾げた。

「手ぇ出さないよう言い聞かせたんだがなあ。あんたが来るのが遅かった」

「何をしたの？」

「殺しちゃいねえよ。ただ、ちょっとドラッグについて知りたそうだったからな。サービスしてやったんだ」

「まさか、辰巳にドラッグを――」

想像したくなかった。だが、鬼束の不敵な笑いがその事実を物語っている。

「俺はやっちゃあいねえ。店のことはみんな店長に任せてある。信じてくれよ」

鬼束の白々しい言い方が彩に怒りの火をつけた。

「今すぐ辰巳に会わせて」

彩は紐を外そうともがいたが、椅子に固定された紐が体に食い込んだ。店の奥でわずかに物音が聞こえた。

「奥にいるのね」

彩は体を揺らし、椅子を倒そうとしたが、鬼束が両手で椅子を固定して、顔を近づけた。

「そんなに慌てんなって。大丈夫だよ。殺しちゃいねえ。殺したって俺たちにゃ何の得もねえ」

「何が目的なの？」

「俺はただ人の役に立ちたいだけさ。じめじめした暗いどぶみたいな世の中にもちょっとくらい楽しみが欲しいよな。あんたたちにその楽しみを奪う権利はないはずだ」

どうやらこの男には何を言っても無駄のようだ。

彩はもう一度店内を見回した。商品がすべて撤去され、店の中が片付けられている。

「店を閉めるつもり？」

鬼束が口元を緩める。

「気づいたんだよ。俺が売っているドラッグは不完全な偽物だってな。偽物はいくらあってもクズだ。本物が一つだけあればいい。だったら店なんて必要ねえ。だから閉めることにしたのさ」

鬼束が簡単にドラッグの販売をやめるはずがない。何か他に企みがあるはずだ。

「あなた、何をしようとしているの？」

「まあ、そのうちわかるさ。そんなことより、俺たちの未来の方が大切だ」

「俺たちの未来？　何のこと？」

「俺とあんたは仲間だ。強い絆で結ばれている。俺たちを結んでいるのはドラッグだ。お互い立場は違うが、同じものを追いかけている。生と死、光と影、破滅と再生、破壊と創造、俺たちの関係はそれに近い。だが、対極にあるその二つは表裏一体。根っこではつながっている。弟をドラッグで殺されたらしいな。恨んでいるんだろ、ドラッグを」

「なんでそんなことまで知っているの？」

「あんたのことならなんでも知ってる。けどなぁ、悪いのはドラッグじゃねえ。弟を殺したモルヒネはちゃんとした医薬品だ。あんたたちが安全だと認めた薬だ。ドラッグはその役割に忠実に従っているだけだ。使う人間によって毒にも薬にもなる」

「禅問答はやめて」

彩が鬼束から顔を逸らした。鬼束が彩の顎を摑み、引き寄せる。

「あんた相変わらずきれいだな」

鬼束が彩の肩を摑み、頬に口元を近づける。彩は顔を背けようとしたが、鬼束に顎を摑まれた。ねっとりとした舌の感触が頬に伝わり、全身が粟立（あわだ）った。

「あんた、柔らかいな。ドラッグより興奮するぜ。あんたの後輩もうまそうだったが、俺は我慢したんだぜ。こう見えても俺は一途なんだ。浮気はしねえ。あんたが来るのを待ってたんだ」

鬼束は息遣いを感じるほど、顔を近づける。彩は叫んだ。

「こんなことして許されると思ってんの」

鬼束が鼻を鳴らし、彩を睨んだ。

「あんたは勘違いしている。俺はあんたの敵じゃねえ」

彩は鬼束の言葉を無視して睨んだ。

「この紐をほどきなさい。さもないと警察を呼ぶわよ」

「好きにしたらいい。だが、それはあんたをいただいてからだ」

鬼束が彩に抱きつき、胸を鷲摑みにした。その時、彩の上着のポケットが震えた。鬼束が気づいて、強引にスマホを取り上げる。ディスプレイを見てから、着信を切って、スマホを放り投げた。

「あんたの上司からだ。あんた、あの男と付き合ってんのか」

彩は無言で鬼束を睨んだ。

「あの男に随分と入れ込んでるみたいだな。六本木の夜は楽しかったか」

「何のこと？」

「あの日、六本木のクラブを出た後、どこに行った？」

彩の心臓が大きく高鳴っていた。

「さんざん飲んで、それで上司とどこに行ったか訊いてんだ」

嘲笑を浮かべながら、鬼束が彩に迫る。思わず唾を飲み込んだ。まさか、後をつけられていたというのか。

「俺は全部見てたんだぜ。あの夜は随分と酔ってたな。足元もおぼつかないくらいに。それで上司に支えられて二人でホテルに入ったよな。どっちが誘ったんだ。それとも酔った勢いってやつか。あの男、妻子持ちだろ。これっていわゆる不倫ってやつだよな」

下品に笑う鬼束に唾を吐いてやりたかった。だが、鬼束のまとわりつくような言葉に動揺していた。

「あんたストーカー？　随分と趣味が悪いのね」

ごまかそうとしたが、ホテルに入ったのは本当だ。あの晩、飲み過ぎて足元がふらついて倒れそうになった。見かねた堤が近くのホテルまで運んでくれた。部屋に入ってから記憶を失くし、気がついた時には堤の姿はなかった。

彩は下着姿で一人ベッドに寝ていた。深夜三時。シャワーを浴びて、タクシーで自宅に戻った。ホテルで何があったのかは覚えていない。

鬼束がにやつきながら彩に近づいた。

「俺はあんたのことが好きなんだよ。だからこれは正真正銘の嫉妬だ。あんたと上司が部屋で何してたか想像しただけでムカついたぜ。どんな声出してやってたのか気になったよ」

鬼束はさらに顔を寄せて、彩の耳元で囁いた。

「きっとイッた時のあんたの顔はセクシーなんだろうな。想像するとますますやりたくなってきたぜ。俺はもうお前の顔を見ているだけで苦しいんだ。興奮を、抑えきれないんだよ。どんなプレイが好きなんだ。あぁん、後ろから突かれるのが好きなのか。それとも、おまえが上にのって腰を振るのか。想像するだけでおっ勃ちそうだぜ」

鬼束は下品に涎をすすりながら、彩をなめるように見た。

「昔、潜入捜査官が輪姦されるアダルトビデオを見たよ。女優の演技が下手でなあ、そりゃあ退屈だった。だけどよ、本物の捜査官とのプレイだったら、さぞリアルだろうな。せっかくだから、俺がブレンドした最高に気持ちいいドラッグで身も心もとろとろにしてやるよ」

鬼束が彩の髪を摑み、顔を近づける。彩は鬼束の顔に唾を吐いた。

「あんた、イカれてるわ」

鬼束があざ笑いながら、彩を睨んだ。

「そうだな、たしかにそうかもしれねえ。だけどよ、そんな奴らは他にもたくさんいるぜ。だから、みんな俺のドラッグを欲しがるんだ。四の五の言わずいっぺん試してみろよ。あっという間に嫌なことなんてふっとんじまって、天国にいけるぜ。現代人は疲れてんだ。ストレスに貧困に差別にいじめ、巷じゃいろんな負のオーラが溢れかえってる。気の休まるひまなんてねえ。この世は地獄だ。毎日毎日嫌なことばかり。そんな奴らに俺はほんの一時夢を見せてやるんだよ。なあに、ほんの束の間の安らぎだ。明日になれば、また嫌な日常に戻っちまう。だけどよ——」

鬼束が急に表情を変えて彩を睨んだ。

「クソみたいな世の中で我慢しながら生きるには、そういう束の間の安らぎが必要なんじゃねえのか。人から楽しみを奪っちゃいけねえ。誰だって聖人君子なんかにゃなれないんだ」

彩は鬼束を睨みながら、強い敵意を向けた。

「何と言おうが、あなたがやっていることは違法行為でしかないわ。どんなに御託を並べたって、あなたがやっていることは正当化されない。決してね」

鬼束は急に脱力したように、体を弛緩させた。

「遊びはおしまいだ、お嬢ちゃん。おまえはどうやって折り合いつけて生きてんだよ。上司との不倫か。それとも酒か。薬中や犯罪者にいちいち感情移入してちゃあ、心が病んじまうだろう。いいか、聞け。そして考えろ。あんたにとってストレス解消があるように、俺のドラッグに救われている連中がいる」

「救われているですって。あなたのドラッグは救いなんかじゃない。それにあなたが作ったドラッグじゃない。作ったのはカリスマでしょ。あなたはカリスマがいないと何もできない。ドラッグの知識もないし、創薬なんてできないでしょう」

わざと鬼束を挑発するような言葉を使った。鬼束は表情を変え、彩を睨んだ。

「カリスマと俺は一心同体。俺にレッドデータを託したのはあいつだ。俺はあいつの依頼を受けてレッドデータを作り上げた。完璧なドラッグのデータをな。あんたがそれを邪魔するならこれからは容赦しねえ」

鬼束がポケットから折りたたみナイフを取り出した。刃を起こし、彩に近づける。頬に冷たい刃の感触が伝わった。

「いいか、カリスマに免じて命は助けてやる。ただし、これ以上邪魔したら、おまえを死ぬより酷い目に遭わせてやる。上司にもそう伝えろ」

鬼束はナイフを彩の顔から離して折りたたみ、ポケットに戻した。

「じゃあな、マトリのお嬢ちゃん」

鬼束は最後に不敵な笑みを残して、店を出て行った。

鬼束の姿が見えなくなると、彩は体を揺らし、動かそうとした。椅子は側面から倒れ、肩と腕が床にぶつかり、痛みが走った。そのまま体を捻(ひね)り、這うように床を移動した。ゆっくりだが、床を這い、時に転がりながらスマホに近づいた。スマホのすぐそばまで近づいたが、手を伸ばしても触れられない。彩は辰巳に教わった通り、スマホに向かって話しかけた。スマホのロックを解除して着信があった番号にかけなおす。

「Ｓｉｒｉ、着信の番号にかけなおして」

何度かスマホに向かって叫んだ。三度目でスマホが電話をかけた。

「Ｓｉｒｉ、スピーカーフォンにして」

通話音が聞こえ、電話がつながった。スマホから堤の声が聞こえた。

「どうした霧島、大丈夫か」

スマホに向かって叫んだ。

「早く辰巳を助けてください」

「辰巳がどうしたんだ。落ち着いて話せ、今どこにいる」

「歌舞伎町の鬼束の店です。そこに辰巳がいます」

「おまえもそこにいるんだな？」

「はい」

「わかった。すぐに向かう。もう少し辛抱しろ」

電話が切れると、彩は脱力したまま何も考えられなくなった。心が壊れそうになるのを必死に耐えながら、堤が来るのを待ち続けた。

3

堤と連絡をとってから、どのくらい時間がたっただろう。彩は体を捻り、なんとか紐をほどこうと試みたが、無駄な抵抗だった。

薄暗い部屋は静寂に包まれ、まるで時間が静止しているようだ。倒れたまま顔を床につけると、リノリウムの冷たい感触が伝わってくる。鬼束から言われた言葉を思い出すたび、屈辱で胸が張り裂けそうになった。外では得体のしれない鬼に翻弄され、内では省内の対立で捜査が立ち行かなくなっている。省内の反対勢力を黙らせ、鬼を退治するにはどうすればいいのか。大西唯に言われた言葉が彩の脳裏を過った。

——非情になるんや。

やはり切り札を使うしかないのか。佐藤参事官の娘のスキャンダルをリークし、省内のドラッグ認可の流れを封じる。だが、身内を売るのは躊躇いがあった。今そんなことを考えても仕方がない。ともかく、ここから脱出するのが先だ。

彩が体に力を入れ、紐から逃れようとした時だった。店の扉が開く音が聞こえた。薄暗い店内に光が差し込んだ。足音が近づいてくる。彩は体を捻り、足音がするほうへ顔を向けた。

「霧島、無事か」

声を聞いてすぐに堤の姿が網膜に映った。途端に目頭が熱くなった。

堤が彩の傍に寄り、しゃがみこんで、彩の顔を両手で覆った。堤の温かい体温が伝わってくる。

「無事でよかった」

堤は彩の紐を素早くほどいた。縛り付けられていた椅子から解放され、体をゆっくりと起こした。体のあちこちに痛みが残るが、気にしている暇はない。

堤が店内を見回し、彩に訊いた。

「辰巳はどこにいる?」

「恐らく店の奥に」

彩は店の奥にある事務所に通じる扉を開けた。

八畳ほどある事務所の床に辰巳が倒れていた。着衣に乱れがある。外傷はなさそうだがぐったりしている。

「しっかりしなさい」

彩が傍らによって体を揺らした。辰巳は彩の声に反応し、わずかに体を動かした。口元に手を当てると、呼吸を感じる。手首に触れ、脈をとる。心臓は規則正しく動いている。

「どうだ？」

堤が事務所に入って、様子を訊いた。

「大丈夫そうです」

堤が辰巳を見て、しゃがみこんだ。

「辰巳、聞こえるか」

辰巳は酩酊したように、わずかに薄目を開けた。堤が床に落ちているハーブの切れ端を拾い上げ、鼻に近づけた。

「ドラッグだ」

堤はすぐにスマホを取り出した。

「病院に運ぼう。救急車を呼ぶ」

堤が連絡を取っている間、彩は辰巳の手を握りしめ、無事を祈った。十五分後、サイレンの音が響き、救急隊員が店内に入ってきた。

救急隊員は辰巳をストレッチャーに乗せ、店から運び出した。彩が傍らにつき、ストレッチャーを救急車に運んだ。

付き添いのため、救急車に乗ろうとした時だった。

突然、エンジン音が近づいてきた。音がする方向を見ると、黒いセダンが猛スピードで目の前に迫ってくる。咄嗟に腕を前に出し、身構えた。その時、強い力で横から体を押された。体勢を崩し、地面に倒れこんだ。刹那、金属がぶつかる衝撃音が聞こえた。

顔を上げ、周囲を見回した。店の入口に車が突っ込んでいる。車のフロント部分が潰れ、店の扉も大破していた。車のワイパーが動き出し、運転席から笑い声が聞こえてきた。若い男が錯乱状態になったようにハンドルを叩きながら、痙攣している。

彩は車の脇に視線を向けた。誰かが倒れている。堤だった。立ち上がって堤の傍らに駆け寄る。倒れている堤の体を起こした。額から血が流れている。堤が薄目を開けて、彩を見た。

「——大丈夫か」

彩は頷くと、堤の顔に触れた。

「堤さんこそ——」

堤はそのまま目を閉じ、脱力した。彩は堤の体を揺すり、呼びかける。

「堤さん、しっかりしてください」

堤は苦悶の表情を浮かべ、かすかに口元を動かしたが、声にならない。背後で救急隊員の騒めきが聞こえる。隊員の一人が堤の傍に駆け寄った。

「なるべく動かさないでください」

隊員が状態を確認するように堤の体に触れた。胸から腰のあたりに触れ、眉間に皺を寄せると、周囲にいた他の隊員に叫んだ。

「救急車をもう一台呼んでくれ。大至急だ」

慌ただしく動く救急隊員を横目に、彩は堤の手を握りしめた。

——お願いだから、私から堤さんを奪わないで。

彩は救急車を待つ間、堤の体をさすりながら、何度も祈った。

救急車で運ばれた堤は病院に着くと、集中治療室に直行した。彩は集中治療室を遠目に眺めながら、堤の無事を祈った。同じ集中治療室から辰巳が運ばれてきた。付き添いの看護師に聞いた。

「容態は？」

「大丈夫ですよ。脈も落ち着いていますし、中毒症もありません。しばらく病室で安静にしてもらいます」

彩は胸をなでおろし、看護師に頭を下げた。

辰巳の容態はひとまず落ち着いたが、心配なのは堤だった。

堤のベッドの周辺で医師と看護師が忙しなく動いている。厳しい表情で指示を飛ばす医師、慌ただしく手を動かす看護師を見ていると、彩の心は落ち着かなかった。やがて、堤がストレッチャーに乗せられ、集中治療室から運ばれていく。彩は駆け寄り、付き添い看護師に訊いた。

「付き添いのものですが、どうなるんですか」

「これから緊急手術です」

彩は無言で頷き、堤のストレッチャーに手をかけ、看護師とともに手術室まで寄り添った。手術室に入る堤を見送ると、脱力したように傍にある長椅子に座った。手術中の赤いランプが点灯した。彩は放心したまま手術室の扉を見守り、時間だけが過ぎていった。

手術が始まって三時間近くが過ぎていた。手術室の扉が開き、医師が出てきた。どうやら手術が終わったようだ。医師がマスクを外し、彩に尋ねた。

「付き添いの方ですね」

彩が頷くと、医師は容態を説明した。

「なんとか手術は無事に終わりました。命に別状はありません」

医師の言葉に安堵した。だが、それは束の間だった。医師は厳しい顔のまま、続けて話した。

「ただ、脊椎（せきつい）に損傷があり、後遺症が残るかもしれません」

「後遺症というと」

「下半身に麻痺（まひ）が残るかもしれません。まだ麻酔が効いているので、なんとも言えませんが、ともかく経過を診るしかないですね」

医師はそう言うと、廊下を歩いて行った。彩は深く頭を下げ、医師を見送った。

手術室の扉が開き、中からストレッチャーに乗せられた堤が運ばれてきた。麻酔で眠っているせいか、表情は落ち着いている。彩の祈りが通じ、命は助かった。だが、下半身に麻痺が残るかもしれないという言葉に落胆した。彩は堤に付き添いながら、病室に入った。

病室にいる間、彩はいたたまれない気持ちで堤を見守っていた。しばらくして、黒木が病室に入ってきた。彩は立ち上がり、深く頭を下げると、ベッド脇の丸椅子を譲った。

「申し訳ありません。私をかばって堤さんは――」

黒木は首を横に振って彩に訊いた。

「容態は？」

「手術は成功したそうです。ただ、下半身に麻痺が残るかもしれないと」

「ともかく助かってよかった。大丈夫だ。堤は強い。必ず回復する」

黒木に励まされ、彩は深く頷いた。堤の生命力を信じたかった。遅れて、森田が病室に入ってきた。森田は黒木の耳元で囁いた。

「奥様がお見えです」

森田の後ろから中年の女性が顔を覗かせた。黒木に並んで、彩は深々と頭を下げ、ベッドの横を妻に譲った。堤の妻は眠っている堤の様子を確かめた。黒木が堤の妻に言い添える。

「手術は成功したそうです。命に別状はありません」

堤の妻が目に涙をためて、小さく「よかった」とつぶやいた。

「詳しいことは改めて主治医から説明があると思います」

黒木はそれだけ言うと、森田と彩に目配せした。

「改めて伺います」

妻に断り、黒木が病室を後にした。彩も黒木と森田の後について、外に出た。


病室を出ると、黒木が病棟内にある談話室に入った。テーブルを挟んで黒木と向かい合うように彩と森田が座った。森田が黒木と彩に伝える。

「さっき辰巳の病室も覗いてきました。容態は落ち着いています」

病室に移動した後、堤に付きっきりで辰巳の経過を聞いていなかった。森田の報告に彩は胸をなでおろした。黒木が頷きながら、森田に言った。

「問題は精神的な傷だな。間違いなく強いショックを受けているだろう。後遺症が心配だ。ゆっくり休ませよう」

黒木が彩に視線を移す。

「事情を聞かせてくれないか」

彩は鬼束の店に行ってからの一連の出来事を順を追って話した。黒木が腕組みをしながら彩に聞き返した。

「その鬼束という男だが、いったい何者なんだ」

「紅龍のメンバーで、薬物コンサルタントともつながりがあります」

「辰巳はそいつに会うために店に？」

「わかりません、ただ、何か手掛かりを探そうとしていたのかもしれません」

黒木が森田に視線を向けた。

「堤を襲った車の運転手は？」

彩が堤に付き添って救急車に乗り込んだ時、ちょうど警察が現場に駆け付けてきたところだった。その後の警察への対応は森田に任せていた。

「新宿署の交通課に確認しました。運転していた男は紅龍のメンバーです。危険運転致死傷罪で現行犯逮捕。逮捕時の異常な言動から、危険ドラッグを服用しての運転が疑われています」

運転手の素性から、鬼束が命令してやった犯行であることは間違いない。

「鬼束が仲間にやらせたことは明白です」

黒木はしばらく考えるように視線を逸らした。

「事故については警察に任せよう。問題は辰巳の方だ」

辰巳を襲ったのも鬼束の仲間に違いない。ただ、それを訴えるには辰巳の証言が必要だ。

頭を抱える彩に黒木が冷静な口調で言った。

「証拠は辰巳の証言しかないだろう。辰巳の精神状態に配慮して慎重に対処しよう。霧島、辰巳のフォローを頼む」

彩が頷くと、黒木が立ち上がろうとした。その時、談話室の扉が開いた。入ってきたのは大西専門官だった。

4

大西の姿を見て、黒木は席に座りなおした。

「わざわざ来てくださってありがとうございます。座ってゆっくり話しましょう」

黒木が大西を労いながら、席を勧めた。大西は彩の隣に座った。

「さっき堤さんの様子を見てきました。命には別状なくてほんまによかった」

大西が彩に視線を向けた。

「堤さん、あんたをかばって事故に遭うたんやってな」

彩は下を向いたまま黙った。自分の身代わりで堤が負傷した。大西にはっきりと言われ、改めて自責の念にかられた。

「あんまり思いつめたらあかんで。堤さんも咄嗟のことやったんやろう。変な気起こして仇とろうなんて思ったら、奴らの思う壺や。こういう時は冷静にならんとな」

普段は嫌味満載の大西の配慮に満ちた言葉に、彩は驚きながらも恐縮した。

「そう言っていただけると、少しだけ気が楽になります」

大西は頷いてから、黒木に顔を向けた。

「敵も焦っているみたいですね。私のところにもこんなもんが送られてきました」

大西は封筒をテーブルの上に置いた。黒木が封筒を受け取って中を検(あらた)めた。中からハーブのパッケージが出てきた。『総帥』と書かれたハーブは、最近の立入検査で見つかった銘柄だ。

黒木がパッケージを大西に見せながら訊いた。

「これは？」

「その封筒が届いた後に、こんなメールが本省の総務課に届いたようです」

大西は印刷したメールを黒木に渡した。黒木がメールの本文を読み上げる。

「ご担当者様、この度通報しましたのは、近頃世間を騒がせている脱法ハーブについての内部告発です。麻薬対策課内に脱法ハーブを所持している職員がいるという情報をある筋から入手しました。違法薬物を取り締まる立場の職員にはあるまじき行為で、憤(いきどお)りを感じ、このメールを送りました。ぜひ徹底した内部調査をしていただき、職員の不正を処罰していただければと存じます。尚、情報の秘匿性からこの通知は匿名とさせていただきます」

黒木が読み終わると、大西が悪態をつくように言い放った。

「何が匿名や。ただの嫌がらせやないか」

黒木が返したメールの印刷を、大西は憎たらしそうに丸めてポケットに入れた。

「中学生レベルのいたずらやさかい、本省内では問題にはしてません。ただ、誰が奴らを動かしてんのかや。秋山ひろみの件、堤さんの件、どうもタイミングが良すぎやねん」

大西の目が一瞬鋭く光った。

「まあ、だいたい検討はついとるんやけどな」

黒木が大西に質した。

「どういうことですか」

大西は口元を緩ませ、前かがみに黒木の問いかけに答えた。

「ちょうどタイミングよく、例のドラッグ認可制のワーキングチームで三つの方向性の検討が始まってます」

彩が大西に訊いた。

「三つの方向性って何ですか」

「ハームリダクション、医療用大麻、そして嗜好性ドラッグや」

しばらく沈黙が流れた後、黒木が眉根を寄せて全員に告げた。

「嗜好性などあり得ない」

大西がにやりと笑って頷いた。

「ザッツライト、イッツナンセンス。麻薬対策課は、そんな案絶対に受け入れません。せやから危険ドラッグを一気に叩き潰す秘策を進めています」

黒木の目が光る。森田が大西に先を促した。

「秘策とは？」

「薬事法の解釈で一気に販売店を叩き潰すちゅう案です」

堤が会議で話していた秘策とはこのことか。黒木が頷きながら先を促す。

「薬事法の検査命令・販売停止命令を使います」

大西の戦術はこうだ。薬事法の規定では、指定薬物の疑いのある物質を発見した場合、その物品を製造、販売している者に対して、行政機関が検査を受けるよう命じることができる。既に立入検査は実施されているが、現状と違う点は、その検査結果が出るまでの間、製造、販売の禁止ができることだ。つまり、疑わしい物質であれば、即座に販売を停止できるのだ。

森田が大西に賛同する。

「たしかにそれなら事実上店を廃業に追い込めます。しかし、これまで前例がありません。上層部をどうやって説得するつもりですか」

「そのあたりの根回しはこっちに任せてください。世論が動けば、与党の議員も動かなあかんようになるでしょう。問題は、その方向性を徹底した取り締まりに向けるという点です。それで――」

大西が黒木に視線を向けた。

「もし運用するという段階になった場合、現場は対応できますか」

黒木が頷きながら、森田と彩を交互に見た。

「この件は先日大西専門官から聞いている。堤とも話して現場での運用を決めたところだ」

黒木は意を決したように力強い声で続けた。

「麻薬取締部をあげて一斉検査ができる体制をとる。これまで調べてきた情報をもとに、全国のマトリを総動員して一気に叩き潰すつもりだ」

黒木の決意を聞いて、大西の表情が輝いた。

「ほな、一斉攻撃をしかけて販売店を全滅させましょう」

大西の差し出した手を黒木が力強く握りしめた。ドラッグ掃討作戦が動き出そうとしているのを彩は実感した。堤の犠牲を無駄にしないためにも、この作戦をなんとしてもやり遂げたい。彩は決意を新たに大西と黒木の握手を見つめていた。

話が終わり、黒木と森田が席を立った。彩も一緒に部屋を出ようとすると、大西が止めた。

「霧島さんは少し残ってもらえへんかな。二人で話そうや」

黒木が「では我々は先に」と言い残し、部屋を出て行った。

黒木たちが部屋からいなくなると、大西は足を組んで肘をつき、手に顎を載せた。

「例の件、どうなってんねん」

「例の件って何ですか」

思わずかぶりを振ったが、大西にはお見通しだった。

「とぼけんといて。佐藤参事官の娘の件に決まっとるやないか」

「あの件、気が進まなくて」

大西はあきれたような表情で、彩を睨んだ。

「あんたさっきの話聞いとったやろ。ワーキングチームは動き出したんやで。はよ止めな、取り返しのつかんことになるんや。ええか、この件には上層部の派閥争いが絡んどるんや。省内は薬物対策の緩和政策と厳罰政策の間で揺れとる。緩和政策派が放った刺客が佐藤参事官や」

「つまりその刺客をまずは倒そうと？」

「せや。けどな、佐藤はただのスケープゴートや。裏で黒幕が動いとる」

「黒幕？」

「緩和派は医薬メーカーと組んで政治献金で大臣を取り込もうとしとる。おまけに認可薬物の税収ちゅう荒業も使おうとしとるんや」

政治献金に税収。薬物の許認可に関わる利権が政策を動かそうとしている。巨大な権力の前では、たとえ佐藤を封じたところで歯が立たないのではないか。

「しかし、佐藤参事官のスキャンダルでそんな大きな権力に立ち向かえるんですか」

彩の疑問に大西は不敵な笑みを浮かべた。

「刺客の動きを封じるだけが目的ちゃうで。大事なんは世論や。大臣をこっちに取り込むには、世論を味方につけるんや」

大西の戦術が見えてきた。つまり、スキャンダルによって世論に波紋を起こし、薬物の厳罰化の流れに引き込もうというわけだ。

「身内を売るのは抵抗があります」

「危険な薬物が堂々と売られてもええちゅうんか」

彩は逡巡した。大西の言うことはもっともだ。だが、毒を以て毒を制すというやり方が果たして正しいかどうか。彩の迷いを読み取ったように大西が耳元で囁いた。

「相手が鬼ならこっちも鬼にならんと勝てへんで。よう考えるんや」

大西の吐息が彩の脳内に強い刺激を与えた。

「ところで、その問題の鬼やが、退治する前に素性がわからんと困るやろ。鬼退治に必要なきびだんごをあげるわ。私なりに鬼束を調べてみたんや。あの男はそもそも半グレでもなんでもない。ああみえて元は真っ当な人間やったみたいやで」

大西はそういうと、封筒を差し出した。彩は受け取って中を見た。入っていたのは、履歴書だった。

東田龍一（つかだ）　一九八六年二月二十四日生まれ　東京都出身

二〇〇四年　青華薬科大学薬学部入学

二〇一〇年　新田製薬入社　研究開発部に配属

写真に写っているのは、眼鏡をかけた真面目そうな青年だった。だが、よく見ると鬼束の面影がなくもない。

「どうやってこれを？」

「民間の調査会社に頼んだら、すぐにわかったわ。それよりそいつのいた会社、よう見てみい」

新田製薬。そうか、今は吸収合併されてアライドファーマになっているが、前身は新田製薬だ。

「鬼束と新田社長がどうつながっとるのか、詳しくはまだわからへん。せやけど、省内の緩和派が新田社長とつながりがあるんは間違いない。問題はそこに元社員の鬼束がどう絡んどるかや」

鬼束は新田社長の密命で動いているのか。そうだとしたら、新田真理や元妻の佐藤綾も同じ目的でつながっているのかもしれない。

「もしかすると、カリスマというのは新田社長では？　元社員の鬼束を使って秘密裡に作らせているとしたら？」

「あくまでも仮説やけど、あり得へんことではないわな」

鬼束に言われた言葉を思い出した。カリスマとは一心同体だと。元社員ならば、気心も知れている。薬学部出身で製薬会社の研究開発部門にいたのであれば、薬学の知識も豊富だ。

彩が考えを巡らせていると、大西がポケットから何かを取り出してテーブルに置いた。

週刊真実　記者　松井可奈

「これは？」

「友達の雑誌記者や。鬼退治の方法は考えるとして、まずは獅子身中の虫退治が先や。そこに連絡したらええ。おおまかなことは話しとるさかい」

彩は名刺を取り上げると、大西に訝しげな視線を向けた。

そしてポケットに名刺をしまい、大西に伝えた。

「わかりました。もう少し情報をとってからにします」

「悠長にやっとる暇はないで」

大西は彩に厳しい目を向け、立ち上がった。

「ほな、また情報あったら教えたげるわ。よろしゅう頼むで、桃太郎さん」

微笑を浮かべ、部屋を出て行く大西を見送ると、彩はしばらく部屋に残って何をすべきか考えた。

5

午後六時過ぎ。

談話室を出た彩は、辰巳直の様子を見に病棟へ向かった。看護師に、辰巳が精神科病棟にいると聞いた。エレベーターで二つ上の階に移動し、病室を訪ねた。

スライド式のドアを開けて、病室に入る。カーテンで仕切られたベッドに近づいた。辰巳は顔を横に向けて眠っていた。彩は耳元に顔を近づけ声をかけた。

「どう具合は？」

「霧島さん」

辰巳は消え入りそうな声で顔を向け、体を起こした。

「起こしてごめんね」

辰巳の目が潤んでいる。

「霧島さん、すみません、私――」

嗚咽(おえつ)を漏らし、か細い声で彩に訴える辰巳を思わず抱きしめた。

「辛(つら)かったわね」

辰巳は彩にしがみつきながら何度も謝った。彩は辰巳の背中をなでた。

「今は何も考えずに休みなさい」

「でも、私――」

「いいのよ。まずはあなたの回復が最優先よ」

辰巳に言い聞かせるように訴えた。聞きたいことは山ほどあるが、辰巳の精神状態が落ち着くまではそっとしておくべきだ。

「私、ずっとあの店を調べていたんです」

辰巳の告白に、彩は思わず問いかけた。

「どうしてそんなことしたの？」

「吉沢さんにあの店のドラッグの分析結果を見せてもらいました。あの店だけが他と違った品揃えだったんです。合成カンナビノイド系と合成カチノン系の組み合わせや構造式の組み方、どれも多岐にわたるバリエーションがありました。まるで実験的なドラッグを作るかのように、様々な手順で構造式が組まれていました」

鬼束の出自がわかった今、彩もその推理には納得できる。

「吉沢さんから見せていただいた構造式のリストを見て、創薬の目的がぼんやりと見えてきました。最近の銘柄は、陶酔感が強いけれども、毒性や依存性が低い構造で作られています。もしかすると、あの店は実験的なドラッグのパイロットショップではないかと思ったんです」

だとすると、あの店はドラッグの実験室だったのかもしれない。新薬の認可には何重ものハードルが課せられている。一つの医薬品を作るには膨大な時間とコストがかかる。だが、その過程をすべてすっとばして、人体への影響を試すことができれば、開発費用は安く済む。大西が調べた通り、鬼束が薬学部出身の元医薬品メーカーの社員だったのであれば、創薬の経験を生かしてドラッグをデザインしていたのは鬼束本人に違いない。

「構造式を作るには、何らかの創薬ソフトを使っているはずです。それを調べればあの鬼束という男の目的もわかるんじゃないかと思って」

辰巳が店に行った理由はわかった。

「どうして私に相談してくれなかったの?」

辰巳は顔を歪め、小さな声でつぶやいた。

「取締官として自信がほしくて。それに霧島さんにも認めてほしかったんです」

辰巳は話しながら涙をこぼした。

彩はなだめるように、辰巳の頭を撫でた。

「焦らなくてもよかったのよ。あなたは私たちのかけがえのない仲間よ。もっと自分を大切にして」

辰巳が彩の胸に頭をつけて泣いた。

「もう二度とあなたを同じ目に遭わせない。スマホを貸して」

辰巳はベッド脇のテーブルに置かれたスマホを手に取った。

「パスワードを解除して」

辰巳がスマホを操作して彩に渡した。彩はスマホにアプリをインストールしてから辰巳に返した。

「これ、お互いの位置情報を知らせるアプリなの。これであなたがどこにいるのか、いつでもわかるわ」

辰巳がアプリを確かめる。

「これで霧島さんの位置情報もわかるんですか」

「そうよ。これなら安心でしょ。だからって勝手な行動はダメよ」

辰巳が頷くと、彩はまっすぐに辰巳を見つめた。

「よく聞いて。ここから先は私に任せなさい。あなたはゆっくり休んで、心身を回復させるの。あなたが復帰するのを待っているわ」
辰巳は顔を歪めて頷いた。彩はもう一度辰巳を抱きしめてから、ベッドを離れた。

病棟の廊下を歩きながら考えた。大西宛に送られてきたメール、厚労省のワーキングチームの始動、秋山ひろみの事件。不穏な動きの裏で動いているのはいったい誰なのか。すぐに思いついたのは鬼束だ。鬼束は新田製薬の元社員。社長の新田とはつながりがある。堤が話していたウルトラC、即ちドラッグ店への一斉検査・販売停止命令で店舗での販売は壊滅できるかもしれない。だが、鬼束はそれを見越していたかのように、店をたたんだ。もしあの店がレッドデータを作るためのテスト店舗だとしたら、すでにパーフェクトドラッグは完成しているのかもしれない。

厚労省のワーキングチームが嗜好性ドラッグの認可に道筋をつけようとしている中、パーフェクトドラッグは正規流通を見越して作られていると考えるべきかもしれない。やはり大西から示されているあの手を使うしかないのか。

佐藤参事官、その元夫でアライドファーマ社長の新田慎一郎、アライドファーマ元社員の鬼束龍一こと東田龍一、そして新田社長の娘という女子高生の新田真理。――この四人につながりがあり、鬼束がレッドデータのために、佐藤と新田の意向を受けて動いているとすれば、そのつながりを断ち切るため、そして世間に危険ドラッグの危険性と規制強化を訴えるためにも雑誌へのリークは切り札となる。

彩はポケットからスマホを取り出して、新田真理の着信を探した。画面を見ながら、しばらく考えた。堤や辰巳の顔が思い浮かぶ。これ以上犠牲者は出したくない。彩は画面をタップして新田真理に電話した。電話はすぐにつながった。

「真理ね？」

「そっちからかけてくるなんて珍しいわね」

「あなたと話したいことがあるの。今から会えない？」

少し間をおいてから、真理が答える。

「一応訊くけど、何の話？」

「お母さんの話を聞きたいの」

真理が沈黙した。動揺しているのか、別のことを考えているのかわからない。彩が続ける。

「まさかあなたのお母さんが厚労省の職員とはね」

「あなたには関係ないことよ」

「完璧なドラッグ、もう完成したの？」

「まだ完成ではないわ。ただ、改良を重ねればいい感じになるはずよ」

「でもそのドラッグが認められることはない。結局、違法なドラッグに変わりないわ。いずれマトリが取り締まる」

「どうぞご勝手に。用事が済んだのなら、切るわよ」

「待って。カリスマはあなたの父親ね。アライドファーマの社長、新田慎一郎じゃないの」

乱暴な推論だが、真理の反応を知りたかった。そこから、鬼束とのつながりもわかるかもしれない。

「違うわ」

真理はすぐに否定した。嘘をついているようには思えなかった。

「鬼束は新田社長の元部下だった。社長は鬼束に嗜好性ドラッグのデザインを任せた。ただ、会社に残ってやるわけにはいかない。そこで、鬼束を会社から切り離して、ドラッグのデザインとテストショップの運営を任せた」

真理の嘲笑が聞こえてきた。

「的外れもいいところだわ。あなたは何もわかっていない。鬼束は最初から合法なドラッグなんて望んでないよ」

「どういうこと？」

「そういうことよ」

「ねえ、やっぱり会って話しましょう。あなたを助けるために何かできることが――」

「これ以上話すことはないわ。じゃあね」

電話は一方的に切られた。

彩はしばらくスマホを耳に当てたまま、混乱した頭で考えた。

真理は彩が描いたストーリーを否定した。新田と鬼束にはつながりがない。だとしたら、カリスマは新田慎一郎ではないということか。そもそもドラッグが合法化されようがされまいが、真理がドラッグを頼る気持ちに変わりはない。それではいつまでたっても、真理はドラッグの泥沼から抜け出せない。認可制を潰すという目的ではなく、真理を救う。そのためにやるべきことは――。

彩は大西から受け取った記者の名刺を取り出して、電話をかけた。

第五章　スキャンダル

1

危険ドラッグ汚染の現実――カジュアルドラッグの誘惑
――またしても危険ドラッグによる被害が。先頃、人気モデルの秋山ひろみさんが、六本木のクラブで危険ドラッグを吸引して死亡。危険ドラッグの恐ろしさが世間の耳目を集めたばかりだ。ドラッグ汚染は水面下で蔓延、その被害は若者を中心に拡大している。
今年六月から一か月で四人が危険ドラッグの使用で死亡している。また、池袋の路上で危険ドラッグを吸った男が乗用車を運転して、通行人を撥ねるという事故も起きている。
危険ドラッグの特徴は、使用する者に罪悪感を持たせないことだ。危険ドラッグはかつて「合法ドラッグ」と呼ばれていた。カジュアルなパッケージでハーブとして販売され、若者たちはファッション感覚で手軽にドラッグを買い、危険を知らずに使用する。

今回取材した女子高校生も、脱法ハーブの被害者の一人だ。

先週都内のある病院に、女子高校生が急性薬物中毒で緊急搬送された。患者は都内の有名進学校に通うA子さん、十八歳。A子さんは新宿にあるヘッドショップで脱法ハーブを購入していたことがわかっている。このヘッドショップで売られていたのは、脱法ハーブと呼ばれる乾燥ハーブで、店側の説明では、人体に服用する目的ではなく、お香として販売していたという。だが、実際、購入者のほとんどが摂取している。

A子さんは家庭環境が複雑で、ドラッグに手を出す若年層には、このように家庭環境に問題があるケースが多いのだ。

ただ、高校生が簡単に薬物を入手できるのだろうか。

新宿にあるハーブ店を訪ねたところ、危険ドラッグと思しき薬物が堂々と売られていた。いずれも、ハーブやバスソルト、お香という名目で売られ、服用は禁止ということになっている。このあたり、店側と客との間で暗黙の了解があるようだ。

ではこの危険な脱法ハーブの取り締まりの実態はどうなっているのだろうか。

厚生労働省では危険ドラッグの取り締まりを強化しているが、販売店は未だに危険ドラッグを売り続けている。なぜ危険ドラッグを規制できないのか。規制が進まない背景には、取り締まりに関わる法律の壁がある。取り締まりの対象となる物質を特定し、規制するという従来の規制の枠組みでは、次々と新たに生み出されるドラッグに追いつかないのだ――

七月十五日、火曜日午前八時。

記者と連絡を取ってから一週間後、彩は事務所に行く前に、記事が掲載された週刊誌を購入して、事務所の近くのカフェに入った。

記事には危険ドラッグの取り締まりが進んでいないばかりか、厚労省内でドラッグの合法化が検討されているという情報まで書かれてあった。電話での取材で、彩はそこまでの話はしていない。明らかに大西が記者に情報提供したと思われる内容だった。

大西からは佐藤参事官の娘を絡めたスキャンダルにするよう指示されていたが、彩はあえてそれを無視した。身内を売るような真似はしたくない。いや、理由はそれだけではない。被害者である新田真理の素性を明かせば、プライバシーを守れないと思ったからだ。真理のためにも、危険ドラッグへの警鐘と厚生労働省の取り締まりを強化すべきとの論調の記事にとどめた。

午前八時五十分。彩が事務所に着くと、捜査課のフロアは騒然としていた。彩が席に座ると、隣で週刊誌を読んでいた森田が横目で彩を見た。

「読んだか、この記事？」

彩はうしろめたさから、首を横に振った。森田が差し出した週刊誌を受けとり、パラパラとめくり、問題のページを開いた。すでに読んでいたが、さも初めて読むように顔色を変えて驚いてみせた。我ながら小賢しいと思いながらも、仕掛けたのがバレないようふるまった。

「厚労省への圧力が強まりそうだな。きっとこんな危険な薬物を野放しにするんじゃないっていう抗議が入るぞ」

森田の目が電話に向いた。直接、麻取に電話をしてくるものはいないだろうが、省内の薬物110番への問い合わせが増えそうだ。だが、それこそ彩の狙いだった。世論が騒げば上層部も動かざるを得ない。そうなれば省内の厳罰派が主導権を握れる。

「問い合わせの電話が増えそうですね」

「上からのプレッシャーも増えるだろうな。それにしてもこの女子高生、よく取材に応じたな」

新田真理への取材はしていない。取材に応じたのは彩だ。匿名を条件に入院した事実を記者に伝えた。

彩は森田の言葉に適当に相槌(あいづち)を打って、パソコンを立ち上げ、メールをチェックした。受信ボックスに大西からのメールを見つけた。周囲に気を配りながら、メールを開く。

――週刊誌を読んだら連絡して。

書かれてあるのはそれだけだった。彩は人目を気にしながら捜査課のフロアを離れた。空いている会議室に入り、大西の携帯に電話した。大西はすぐに電話に出た。

「なんや、この記事。こんな生ぬるい内容やったら佐藤参事官に何のダメージもないやないか」

「スキャンダルにするつもりはありません。あくまでも世論をたきつけ、厳罰派の後押しをしたいだけです」

「なに青臭いこと言うとんねん。あんたに任せて失敗や。もうええわ。うちが自分でやるわ」

「待ってください。あの記事をネタに佐藤参事官を揺さぶります」

大西が一瞬沈黙して聞き返した。

「なーるほど、記事を小出しにして脅(おど)そうちゅう作戦かいな。なかなかえげつないこと考えてんねんな。せやけど、そない簡単に佐藤参事官を潰せるんか」

「やってみます」

「もしでけへんかったら、その時はうちがどんな手段を使っても叩き潰すで。よう覚えとき。こっちは次の作戦進めるわ」

「次の作戦って？」

「決まってるやんか。佐藤を追い出したら、ワーキングチームを潰すんや。そしたら薬事法の運用で一気にカタがつくやろ。とにかく、さっき言ったこと頼むで」

大西は言いたいことだけ一方的に話し、電話を切った。記事が出てしまった以上、これ以上どうしようもない。大西の言う通り、成り行きを見守るしかない。彩は気持ちを落ち着かせてから会議室を出た。

捜査課に戻ると、取締官たちはいつも通り仕事をこなしていた。週刊誌の報道をあえて口にするものはいない。嵐の前の静けさ。そんな雰囲気が漂っている。彩は落ち着かない気持ちのまま淡々と仕事をこなした。

2

正午前。彩は所在を確認したうえで、佐藤の執務室に向かった。手には週刊誌を握りしめていた。佐藤との直接対決で身を引かせるつもりだった。

　彩が部屋の前に立つと、タイミングよく扉が開いて、佐藤が出てきた。

「霧島さん、どうかしたの？」

「ちょっと相談がありまして。これからお出かけですか」

　佐藤参事官が彩を見て口角を上げた。

「ちょうどよかった。ランチでもどう？」

　突然の誘いに、彩は戸惑いながらもチャンスだと思った。

「ご一緒します」

「近くに素敵なカフェがあるの。いいかしら」

　彩は黙って頷いた。佐藤が微笑を浮かべてエレベーターに乗りこんだ。エレベーターが一階に止まると、先を歩く佐藤の後を追いかけた。

　内堀（うちぼり）通りを九段下駅方面に歩き、路地を入ったところに小さなカフェがあった。ランチタイムだが、店は空いていた。佐藤は奥の席に座り、メニューを見た。彩はメニューを見る振りをしながら、どう話を切り出すか考えていた。

　佐藤が店員を呼んだ。

「パスタランチひとつ」

佐藤が彩に視線を向けた。

「同じものを」

店員がオーダーを取り終わると、二人きりになった。佐藤はしばらく黙ったまま、店内を眺めていた。クラシックな店内にはアンティークが並び、落ち着ける雰囲気だった。どう切り出すべきか、タイミングを計っていると、佐藤が彩から目を逸らせたまま独り言のようにつぶやいた。

「仕事に行き詰まったら、いつもひとりでコーヒーを飲むの。自分がやったことに間違いはなかったか。どうすれば良い方向に向かうのか。コーヒーを飲みながらゆっくり自分と対話する。そうすると店に入った時は、もやもやしていたものが、出るときにはなくなっている。自分の中で整理がついてどこに向かって走ればいいのか見えてくる。人は不安がなくなると、全力で走りだせる。もしも間違っていれば、また戻って考えればいい。でも迷いながらではどこにも辿り着けないわ」

佐藤がなぜそんなことを話すのか、彩にはわからなかった。だが、佐藤の表情と口調から本音を話しているように思えた。

「それで相談って何？」

彩は渇いた口を水で潤すと、手に持っていた週刊誌の件のページを開いて、テーブルに置いた。

「この記事ね、私も読んだわ」

「ここに書かれてある女子高生Aは新田真理です」

佐藤は目を細めて、もう一度誌面に視線を落とした。

「なぜこんな記事が――」

戸惑いの表情の後に疑惑を湛える目が彩に向いた。

「まさか、あなた――」

彩はつばを飲み込み、覚悟を決めた。

「省内で薬物に対する緩和派と厳罰派が対立しているのはご存じですね」

「派閥がどうこうではないわ。規制薬物行政の在り方を健全に議論しているだけよ」

「薬物合法化のワーキングチームが立ち上がったと聞きました」

「勘違いしないで。合法化ではなく、薬物依存に対する治療を主体とした特例措置の検討よ」

言葉尻がどうであろうと、相容れない政策を支持する二つの勢力が拮抗しているのは事実だ。中立を訴えたところで、佐藤が緩和派の急先鋒であることに変わりはない。

「麻薬取締部は危険ドラッグを含む規制薬物の取り締まりが仕事です」

「そんなことはあなたに言われなくてもわかっているわ。それに仕事はそれだけじゃないでしょう。依存症患者の治療や社会復帰も我々の仕事のはずよ」

「今は蔓延している危険ドラッグをどう取り締まるかが最重要課題です」

「それはあなたが決めることではないわ。それにそのことと週刊誌の記事とどう関係があるの」

「あなたにとっての最優先事項は仕事ではないように思います。娘さんのことをもっと真剣に考えてもらえませんか」

佐藤の雰囲気が硬化した。強い怒気が彩にも伝わり、場の空気が凍った。そこに店員ができ上がったパスタを運んできた。皿がテーブルに置かれたが、二人とも手をつけなかった。

「あなたにプライベートのことをとやかく言われる筋合いはないわ」

佐藤は拒否感を露(あらわ)に彩をけん制するように睨んだ。

「このまま娘さんを放っておくつもりですか」

「何度言ったらわかるの。あなたには関係ないことだと言っているの」

店に佐藤の声が響いた。彩は周囲からの視線を感じたが、あくまでも冷静に返した。

「関係なくはありません。あの子は取り締まり対象の店に出入りし、危険ドラッグの被害に遭い入院した。先ほど参事官がおっしゃった通り、薬物依存の治療も私たちの仕事です」

「真理が薬物依存だと言うの」

「依存の一歩手前です」

彩に向ける佐藤の視線が一瞬揺れた。だが、すぐに焦点が定まり、彩に強い視線が向けられた。

「私が進めようとしているハームリダクションは、重度の依存者のためよ。多くの薬物依存者にとって救いになると信じているわ。でも、真理に限っては違う。そこまで重度の依存にはなっていない」

「だったら薬物から守ってあげてください」

佐藤は表情を歪め、口惜しそうにつぶやいた。

「私には真理の親権がないの。私にできることはあまりにも少ないわ」

離婚した佐藤は親権を得られず、真理のプライベートに口出しできない。彩は佐藤の立場を初めて知った。

「だとしても、このまま真理さんをドラッグ漬けにするつもりですか。それに、彼女に必要なのはハームリダクションなんかじゃありません。保護と治療です」

佐藤は一瞬目を泳がせた。

「真理をなんとか更生させたいと思っていたけど、私が真理にできることは何もない。ヘッドショップに出入りしていると知ったのは、この前、あなたから聞いた時が初めてよ」

「新田真理は危険な立場にあります。彼女は鬼束、いえ、東田龍一と会っています」

「東田龍一？」

佐藤が意外そうな表情を浮かべた。

「旧新田製薬の元研究員です。あの男が真理さんをドラッグ店のテスターとして使っていた。東田がやろうとしていたのは、合法ドラッグのデザインです」

佐藤は彩の言葉に疑うような表情を浮かべた。

「東田はアライドファーマの新田社長と、社長の元妻のあなたともつながっていると私は思っています」

佐藤は眉根を寄せて彩を見つめた。

「それは誤解よ。東田のことは以前夫からも聞いたことがある。東田は会社を辞めた男よ。新田とはもう何の関係もないわ。まして私なんかとは無縁の男よ」

「新田と東田には同じ目的があります。表向きは会社を辞めていても、裏ではつながっている可能性があります」

佐藤は一瞬遠い目をして、何かを思い出したように話した。

「もしそうだとしたら、利用されているのは新田ね。そもそも嗜好性ドラッグの開発は総武大学医学部との共同研究だったと聞いているわ。東田は当時の開発メンバーの一人だったけど、途中で会社を辞めた。新田は東田に裏切られたのよ」

「なぜ東田は新田製薬を辞めたのですか」

「東田という男は危険な思想の持主だった。会社でもかなり浮いた存在だったそうよ。研究にのめりこんで、ドラッグ信仰に取り憑かれ、自分自身も依存症になってしまった。その時から東田は鬼東になったのよ」

佐藤の話が本当ならば、新田慎一郎と東田の関係は切れている。ならばカリスマの正体は誰なのだ。

彩の思考を佐藤が遮った。

「あなたはどうしようと思っているの?」

彩は居住まいを正し、佐藤と向き合った。

「省内のワーキングチームを外れてください」

「私が外れたところで、チームは解散しないわ」

「厳罰派があなたをターゲットに動いています」

佐藤がさっき見た週刊誌を一瞥した。

「それであの記事ってわけね。まさか身内に脅されるとは思わなかったわ」

「あれは脅しではありません。警告です」

「同じことよ。おおかた大西専門官あたりが動いているんでしょ。彼女も私と同じ、お互い上層部にとってはただのスケープゴート。駒に過ぎない。動かしているのはもっと上のほうよ。それに、あれは私が始めたことじゃない。製薬会社が仕掛けて、それにのった政治家が裏で動かしているわ。もともとは治療を主体とした依存患者対策として無理やり検討事案に加えられたのよ」

「その製薬会社とはあなたの元夫が社長をしているアライドファーマですね」

佐藤の眉間に皺が寄った。

「新田は嗜好性ドラッグの認可を見越して、研究を進めていた。でも私はそれを知って反対したわ。だけど、彼はそれをやめなかった。離婚した原因の一つがそれよ。ワーキングチームに参加したのも、麻薬取締部に異動したのも、嗜好性ドラッグの許認可が本当に必要な政策か見極めるため。海外では合法的に大麻を認める事例が出てきている。ハームリダクションの効果を認める論調もある。日本でもその議論は生まれつつある。だから省内で情報収集をすべきだという声が上がったの。ハームリダクションや医療用大麻はすぐには認められるものではない。だから情報収集をして、議論を重ねることで賛否に対して見解が出せる。私だって曲がりなりにも厚労省の官僚よ。何が正しいのか常に議論し、間違った道に国民を導かないようにするのが、私たち官僚の役目よ」

正論だった。だが、いくら正論でも今やるべきことは他にある。

「省内で無用な争いをすべきでないのは私にもわかっています。でも、今はとにかく危険ドラッグの取り締まりが最優先です。そこは譲れません」

佐藤が彩を懐柔するように柔和な笑みを浮かべた。

「あなたと私の目的は同じよ。でも、手段が違うわ。対立からは何も生まれない。本当になすべきことがあるなら、正面から当たって議論を尽くすべきよ。それにどこの世界でも、自分の主張を通すには権力が必要なの。上層部にたてつけばスポイルされるだけ。意見を通すには、自分も上の階にいかなければだめ。現場が何を言っても声は届かない。あなたたち現場を動かしているのは、一部のキャリア官僚なの。あなたにもわかるでしょ、それが役所の論理よ」

佐藤の話は痛いほどわかる。現場はただの駒、動かしているのは一部の幹部。やりたいことがあれば出世して権力を手にするしかない。だが、彩にはそれでも佐藤に言わなければばならないことがあった。

「私が伝えたかったのは新田真理をどうやったら救えるかです。ただし、それを派閥争いに絡めるつもりはありません。確かにどんな手段を使ってもあなたの目的を阻止しようと画策している職員がいるのも確かです。ただ、私はあなたがどうしたらもっと真理に目を向けてくれるのか、自分の大切な家族をどう救うか、それを一緒に考えたかったんです」

「嘘つき」

佐藤の鋭い言葉が彩の胸に突き刺さった。

「綺麗ごとを言わないで。あなたは議論では勝てないから私のプライベートに入り込んでいるだけよ。あなたは何もわかってない。だから、いい加減なことを平気で言えるのよ。中途半端な干渉で私の神経を逆なでしないで」

佐藤がため息をついてパスタを見た。

「すっかり冷めちゃったわね」

お互いとうに食欲を失くしていた。佐藤は財布から千円札を抜き出し、テーブルに置いた。

「悪いけど食欲がなくなったわ。これで失礼するわね」

彩は、佐藤を引き留めようと声をかけた。

「さっきの話、どうかもう一度考えてください」

佐藤は、彩の言葉を否定するように攻撃的な視線を向けた。

「もしあなたが私のやろうとしていることを邪魔するなら――」

そこまで言ってから佐藤はさっきより厳しい表情で彩を睨んだ。

「あなたを捜査から外す」

「そんな権限はあなたにはありません」

「私を甘くみないで。それと――」

佐藤はさらに念を込めるように目に力を込めた。

「他人のプライベートに土足で入り込まないで」

彩は、佐藤の食いつくような強い眼差しに気圧（けお）され、それ以上何も言えなかった。

佐藤が店から出て行くと、彩は一人テーブルで冷たくなったパスタにフォークを刺した。

だが、食欲は失せ、一口も食べずに、フォークを置いた。

3

午後二時過ぎ。

彩は黒木から呼ばれた。嫌な予感がした。佐藤参事官のプライベートに踏み込み、あらぬ攻撃を受けたのかもしれない。不安を胸に部長室に向かった。

緊張しながら部長室の扉をノックする。すぐに返事があった。扉を開けて中に入り、黒木のデスクの前に立った。

黒木が顔を上げて彩を見る。眼差しが厳しい。

「なぜ呼ばれたかわかるか」

「いえ」

黒木が週刊誌をデスクの上に乱暴に投げた。

「佐藤参事官から抗議があった。週刊誌に身内の記事を載せたようだな。どういうつもりだ」

彩は週刊誌をちらっと見ただけで事情を呑み込んだように黒木を見た。

「佐藤参事官からは何と？」

「記事に書かれてある女子高校生は、先日、急性薬物中毒で関東医科大学病院に入院した新田真理だそうだな。君が佐藤参事官の動きをけん制するために記事を使って脅迫したと言われた。本当か？」

彩は黒木の質問を冷静に受け止めた。

「身内を脅迫するとはどういうつもりだ」

「大西専門官からの指示です」

「なんだと」

黒木の肩が大きく動いた。黒木が彩を見据えて事情説明を求める。

「大西専門官からは、厚労省の職員の身内のスキャンダルをネタに省内の緩和派をけん制しろと。ただ、私はその意見に反対でした。そこで、危険ドラッグの危険性を主論に記事にしてもらいました。そのうえで、佐藤参事官には娘さんに目を向けるよう促しました」

黒木が視線を外して答える。

「他人の私的な事情に立ち入るのはあまり感心しない」

「新田真理を守るためです」

「だとしてもだ」

「確かにやり過ぎたかもしれません」

彩はそれ以上抵抗せず、素直に謝罪した。

「ともかく大西専門官の狙いはわかったが、身内を売るようなことは許さん。それに我々の仕事は規制薬物の取り締まりだ。危険ドラッグの啓蒙は本省に任せておけばいい。これ以上、この件には首を突っ込むな」

「しかし啓蒙も我々の仕事の範疇ではないでしょうか」

黒木が彩の反論を一蹴する。

「マスコミを使った世論の誘導は我々の仕事ではない。いいか、これ以上のマスコミとの接触は厳禁だ。たとえ本省の指示だろうと私が認めない」

「わかりました」

黒木は一呼吸おいて、今度は冷静な口調で窘めるように言った。

「規制薬物に対する世論は流れに任せろ。緩和か厳罰か、答えを出すのは国民だ」

彩は黒木の持論に疑問を呈した。

「しかし、万が一、緩和政策に流れが変わってしまったら――」

「それならそれでいい。現に欧米ではそれが主流になっている。依存者には厳罰ではなく、治療が必要だという論調は間違ってはいない」

たしかに黒木の言う通り、更生ではなく治療をという主張を否定はしない。むしろ、正しい方法論だと思う。だが。

「問題は、ハームリダクションや合法ドラッグが現実になった先にあるのではないでしょうか」

黒木が一瞬遠い目をしてため息をついた。

「日本ではそうならないと私は思っている。日本人は依存者への人権意識が希薄で、犯罪者に対してはどこまでも厳しい態度をとってきた。この国では良くも悪くも同調圧力が強い。一度でも過ちを犯した人間にはとことん冷たい」

「同感です。累犯者はいつまでも回復や社会復帰ができず、一度井戸に落ちると這い上がれません」

黒木の言う通り、日本では薬物依存者は断罪され、更生が必要だという認識が強い。薬物に手を出した芸能人などがよい例だ。マスコミからの執拗な攻撃、SNSでの誹謗中傷、社会的信用を失ったうえに、厳しい刑期が待っている。加えて回復に必要な社会的な受け皿がなく、治療の機会を得る前に厳しく断罪される。

「ともかく、これ以上この件に首を突っ込むな。我々は危険ドラッグの取り締まりに注力する。そのためにも今後の捜査は私が指揮を執る」

「部長直々にですか」

黒木は腕を組みながら、眉根を寄せて彩を睨む。

「堤は入院中、佐藤参事官は緩和派で規制には期待できない。捜査は重要な局面を迎えている。そこで私が捜査指揮を執ることにした。本省も本腰を入れて取り締まりに乗り出す。麻薬対策課がバックアップしてくれる。先日大西専門官が話していた一斉検査命令について検討が進んでいる」

大西の根回しが功を奏しつつあるのか。事態は大西の想定した通りに動いている。

「現場には負担をかけるが、ここが正念場だ。君にも今以上にがんばってほしい」

「もちろんです」

「わかったら行っていい」

彩は頭を下げ、踵を返した。

部長室を出てしばらくしてスマホが震えた。ディスプレイを見て強い動悸がした。着信は新田真理からだった。

4

彩は手を震わせ、スマホの着信ボタンを押した。

「霧島さん……ようやく……できたわ」

消え入りそうな細い声。息も絶え絶えに訴えかけているようだった。

「何が、できたっていうの」

「完璧な……ドラッグよ」

完璧なドラッグ——。真理がテスターとなって開発していたパーフェクトドラッグ。だが、そのために身を削り、薬物を受け入れていたとしたら。彩の脳裏に病院に救急搬送される真理の姿が過った。

「そんなことより、大丈夫なの。あなた今どこにいるの?」

返事がない。彩はなおも呼びかける。

「場所を教えなさい」

わずかな吐息。やがて内耳にガシャンという音が響いた。スマホを強く握りしめる。

「どうしたの、答えなさい、どこにいるの?」

遠くで聞こえる息遣い。だが、その音は弱々しく、今にも消え入りそうだった。

真理がいそうな場所はどこだ。自宅ではないはず。ドラッグの取り扱いが可能で、誰にも見つからない場所。咄嗟に思いついたのは新宿歌舞伎町にあるハーブショップ、ハーブトライフルだった。

「新宿の店ね、そうなのね」

返事はない。彩は聞いているかどうかわからない真理に届けと祈ってスマホに叫ぶ。

「そこにいなさい。すぐに行くわ」

救急車を呼ぶべきか。いや、まだ場所を特定できていない。だが、電話口の様子では真理は危険な状態に違いない。胸騒ぎがする。他の取締官は出払っていて、事務所には人が少ない。

彩は覚悟を決めて事務所を出た。エレベーターを待つ時間も惜しい。合同庁舎を出ると、街道に停車しているタクシーを捕まえた。運転手に行き先を告げた後、念を押すように「大至急」と付け加えた。

午後三時過ぎ、タクシーが新宿歌舞伎町に着いたのは、事務所を出てから二十分後だった。タクシーを降りると、すぐにハーブトライフル一号店に急いだ。

すでに店は閉鎖されている。だからこそドラッグの開発には適している。行政機関による立ち入りもなく、資材の在庫が残っていればテストもできる。真理はそこでずっとテスターをやっていた。何が彼女をそうさせるのか。

と、その時、彩の脳裏に三年前の事件が過った。

あれはまだ彩がネットでの違法薬物の取り締まりを担当していた頃だ。囮(おとり)捜査で摘発した違法薬物に覚せい剤の拮抗薬が混じっていた。拮抗薬を開発したのはドラッグデザイナーの女子大学生だった。母親が薬理学の元教授で、彼女は幼い頃からドラッグに触れる機会が多かった。母の影響もあり、彼女はドラッグデザイナーとなり、自らも実験台となり創薬にのめりこんだ。そしてその結末は——薬物中毒者の連続不審死事件の犯人として逮捕された。逮捕したのは彩だった。

——まさかこれはデジャブ。

いや、そんなはずはない。妄想をかき消し、店に向かう足を速めた。

店舗は薄暗く、入口にはシャッターが下りていた。彩はシャッターに手をかけ、上げようとするが、ロックされていて動かない。シャッターを叩き、真理の名前を叫んだが、反応はなかった。どうすれば中に入れるのか。いや、本当に真理はこの店にいるのか。

彩はスマホを取り出し、真理の番号にかけた。シャッターに耳を当て、音を探る。微細な振動でも聞き逃さないよう、耳を研ぎ澄ませた。スマホから呼び出し音が繰り返される。シャッターの奥、店の中からわずかに振動音とともにメロディが流れた。間欠的な振動とメロディは、彩のスマホと連動している。間違いない、真理はこの中にいる。

彩はもう一度シャッターを叩いた。伝われ、そう願い拳を何度もシャッターに打ち付ける。だが、シャッターの冷たい感触と金属がきしむ振動だけがむなしく響いた。

彩はスマホから森田の番号を呼び出した。森田はすぐに電話に出た。

「森田さん、助けてください」

「どうした、落ち着いて話せ」

「新田真理から連絡がありました」

「新田真理？　あの新宿の店で見つけて、関東医科大に救急搬送された女子高生か」

「そうです。彼女から完璧なドラッグが完成したと連絡が入った直後、息苦しそうな声が途切れてそのまま――薬物中毒の危険があります」

「今どこにいる？」

「新宿歌舞伎町のハーブトライフル一号店の前です。店はシャッターが下りていて中に入れません」

「店にいるのは間違いないんだな」

「スマホの着信音が店の中から聞こえました」

しばらく間をおいてから、森田の声が返ってきた。

「すぐに救急車を呼べ。大至急だ」

「わかりました。でもシャッターが閉まっていて中に入れません」

「シャッターの鍵は外からしかかけられない。中に人がいるのであれば、他に出入口があるはずだ」

彩はすぐに店の裏手に回った。店の横の細い路地を進むと、小さな扉を見つけた。ノブを摑み開けようとしたが、ロックがかかっている。スマホの先の森田に叫ぶ。

「勝手口がありました。でもそっちも施錠されています」

「ドアなら開けられるはずだ。警察に連絡しろ。緊急時ということでロックを解除してもらえ。俺もすぐにそっちに行く」

「もう一つお願いが――」

「なんだ？」

「佐藤参事官にも伝えてください」

「佐藤参事官？　なんでだ？」

「新田真理は佐藤参事官の娘です」

森田は一瞬迷ったように沈黙したが、すぐにすべて察したように「わかった」という返事があった。

彩は電話を切ると、目を瞑り、心を落ち着かせた。目を開け、森田の指示どおり、救急車を呼んだ。次に新宿署に連絡を取り、店の扉を開ける算段をしなければならない。咄嗟に思いついたのは薬物担当の水野（みずの）だ。以前、薬物中毒死事件の捜査で助けられている。幸い水野の携帯はすぐにつながった。

「霧島さん、お久しぶりですね。どうされました？」

「助けていただきたいことがあります。新宿歌舞伎町の違法ハーブショップに急性薬物中毒の少女がいます。ビルの扉がロックされていて中に入れません。なんとかなりませんか」

かつて、一緒に薬物中毒者の事件に対応した経験がある水野は、さすがに呑み込みが早かった。

「わかりました。店の場所とドアの形状を教えてください」

彩は場所を伝え、ドアの写真をショートメールで水野に送った。

救急車が到着してから五分後、水野が数人の警察官を伴い店に駆け付けた。

「たまたま署にいたのですぐに来られました。開錠のプロを連れてきましたよ」

水野が連れてきた制服警官が道具箱を手にドアに張り付く。作業はわずか五分で終わった。扉が開き、店内の湿った空気が外に漏れた。

彩はすぐに店内に入り、灯りのスイッチを探り当てた。事務所を通り抜け、奥の店舗に通じるドアを開く。薄暗い店舗には机と椅子だけが並び、資材やチラシの束が散乱していた。

机のすぐそばの床に人影を見つけた。倒れていたのは黒いワンピースに身を包んだ新田真理だった。彩は駆け寄り、新田真理の肩を抱き、体を起こした。

「しっかりしなさい」

真理は目を閉じたまま呼びかけに反応しなかった。何度か体を揺するが、全身が弛緩したようにぐったりしている。真理の手にビニール袋が握られていた。

——もしかしてこれがパーフェクトドラッグ。

彩は真理の手からビニール袋を引きはがし、ポケットに押し込んだ。

真理の傍に救急隊員が駆け寄る。彩は真理から離れ、救急隊員の処置を見守った。救急隊員の一人が顔を歪め、もう一人が首を振る。彩は最悪の事態を想起し、全身の血が逆流するような気がした。

真理はストレッチャーに乗せられ、運ばれた。救急隊員に付き添うように、店の外に出た。ストレッチャーが店の前に停まっている救急車に乗せられた。その時、一台の車が店の前に停車した。運転席には森田が乗っていた。後部座席から飛びだしてきたのは佐藤参事官だった。佐藤の顔は蒼白で乱れた髪を気にすることなく、救急車に駆け寄った。ストレッチャーに乗せられた真理を見つけると、佐藤は両手で救急隊員の袖にしがみつき、両膝をついて懇願した。

「お願いします。この子を助けてください」

救急隊員が佐藤に落ち着くよう諭す。救急車は真理と佐藤を乗せて、けたたましいサイレンとともに去っていった。彩は森田とともに、車で救急車の後を追いかけた。移動する間、ただただ真理の無事を祈った。だが、どこかで最悪の事態を予想していた。全身が鉛のように固まり、言葉を発することができなかった。

病院についたのは三十分後だった。彩が車を降りると、一足先に到着した救急車からストレッチャーが降ろされるところだった。

数人の看護師、医師に運ばれ、真理を乗せたストレッチャーは集中治療室に運ばれた。待機していた医師たちが救命治療に取り掛かる。彩は集中治療室からやや離れた場所で見守った。だが、数分で医師たちは真理の救急措置を諦め、ベッドを離れた。

集中治療室が悲痛な沈黙に包まれる中、佐藤は脱力し、腰を落とし、両手でリノリウムの床を叩いた。彩は森田と共に佐藤の背中を抱き、宥めた。やがて佐藤は落ち着きを取り戻し、沈黙したまま集中治療室を出ていった。真理を送り出すために待合室で一人待つ佐藤は、まるで魂が抜けたかのようだった。彩は佐藤に声をかけることもできず、真理の死を受け止められないまま、呆然と病院の待合室に佇んでいた。

しばらくして、警察の事情聴取を受けるため、呼ばれた。彩は佐藤を気にかけながら病院を離れた。

5

翌七月十六日午前八時過ぎ、彩は重い体を引きずるように出勤した。

昨晩、警察の事情聴取が遅くまで続き、終わった頃には、すでに真理の遺体は葬儀業者によって運ばれた後だった。身内でない彩はそれ以上真理に付き添うこともできず、仕方なく自宅に引き上げた。

真理の葬儀がいつどこであるのか、佐藤からの連絡がない以上、わからない。ただ、保護しようとした女子高生が死亡、警察沙汰になったからには、部内に事情を説明する義務がある。彩は出勤するとすぐに、鑑定課に顔を出した。昨日ハーブトライフルから持ち帰ったドラッグの袋を分析にかけるためだ。幸い吉沢はデスクにいた。

「吉沢主任、このドラッグの分析をお願いできますか」

吉沢はパソコン画面から視線を移し、彩が渡したビニール袋に目を向けた。

「また新しい危険ドラッグ？　もう分析が追い付かないわ」

「そこをなんとかお願いします」

吉沢は渋々といった顔で袋を受けとった。

「ところで、昨日また中毒症の事件があったみたいね。あなた現場にいたんでしょ」

真理の件はすでに事務所内にも伝わっているようだ。どこまで知っているのかわからないが、噂はすぐに広まるだろう。

「新宿の店舗でテスターをしていた少女が中毒症で亡くなりました。私が駆け付けたときにはもう意識がなくて――」

吉沢が両手で彩の顔を包み込むように撫でる。

「大変だったわね。あまり思いつめないで、あなたが悪いわけじゃない」

彩は吉沢の手を取り、しばらく顔に当てながら握りしめた。

「先輩、私に力をください」

吉沢は彩の額に顔を近づけ囁いた。

「自分で自分を追いつめちゃだめよ。あなたは頑張ってる。でも全能ではないわ。完璧なものはない。できることをやればいいのよ」

彩は吉沢の手を強く握りしめた。

「ありがとうございます」

手を離し、吉沢の顔を見ようとしたが、目が潤んで歪んで見えた。

「元気出しなさい。あなたらしくない」

「はい」

吉沢に励まされ、少しだけ気持ちが落ち着いた。吉沢が何かに気づいたように、デスクに置かれたビニール袋を見た。

「もしかして、その時に押収したのがこれ？」

「そうです」

「わかった。優先して分析してみるわ」

彩は吉沢に礼を言って、鑑定課を後にした。

彩は捜査課のフロアに行き、森田のデスクの前に立った。森田も昨晩、彩とともに警察の事情聴取を受けている。経緯はすべて承知していた。

「昨日はお騒がせしました」

森田が眉根を寄せ、低い声で答える。

「残念だった。こんな形で犠牲者が出るとやりきれないな」

「すべて私のせいです。もっと他に対処のしようがあったはずです」

森田は首を横に振った。

「やるべきことはやった。助けられなかったのはおまえのせいじゃない」

どう慰められても真理を失ったことに変わりはない。真理の危険を察知しながら、対処を誤(あやま)った。最初の電話ですぐに警察と救急に連絡していれば助けられたかもしれない。だが、いくら後悔したところで真理は戻ってこない。

「黒木部長に報告しよう」

彩は森田の後について部長室に向かった。

部長室をノックすると、すぐに返事があった。

黒木は応接のソファーに座っていた。向かいにスーツを着た小柄な女性が座っている。大西専門官だ。

黒木が、森田と彩を席に着くよう促す。

「ちょうどいい。本省から大西専門官が来ている。例の件、報告してくれ」

彩が大西の向かい側に座り表情を窺(うかが)った。大西は普段の人を見下すような態度はなく、深刻な表情を浮かべている。

彩が昨晩の顛末(てんまつ)を説明し、森田が補足する。佐藤参事官の様子も交え報告した。大西は表情を変えず、氷のように冷たい視線で彩たちを見ていた。彩の報告を聞き終え、黒木が眉間に皺を寄せた。

「また新たな犠牲者を出してしまった。よりによって身内の家族だ」

何も答えられなかった。ただ沈黙だけが部屋に流れた。その沈黙を大西が破る。

「霧島さん、あんた責任感じとるんちゃうか」

大西に心を見透かされ、彩は思わず顔を伏せた。大西に指摘された通り、真理から電話を受けた後の行動を何度も振り返り、どうすれば助けられたのか、そのことばかりを繰り返し考えている。

大西がため息をついて厳しい視線を彩に向けた。

「感情にのまれたらあかんで。たしかにもっとはよ対処しとったらなんとかなったかもしれへん。せやけど、そもそも新田真理が自分でやらかしたことや。それに、もし後悔しとるんなら、週刊誌への甘い対応を悔やむんや。もし、あからさまなスキャンダルで新田真理と佐藤参事官を糾弾しとったら、結果は違っとったかもしれへんのやからな」

まさかこの場でそんな批判を受けるとは、思いもしなかった。

黒木も大西の発言に反応して彩を擁護する。

「大西専門官、それに関しては私も霧島から聞いています。そこまでの対応はすべきでないと意見しました。結果はともかく、その判断は今でも間違いとは思っておりません」

黒木の発言を受けて、大西が言い返す。

「部長の意向はよくわかってます。こっちも出過ぎた真似をして申し訳ございません。ともかく、これ以上犠牲者を出さないためにも、この事態に終止符を打たなあきません」

当面の課題は危険ドラッグの取り締まりだ。だが、それには今回の事態を世間がどう受け止めるかも影響する。もしマスコミが新田真理の危険ドラッグによる急性中毒死を察知したら。しかも身内には厚労省職員がいる。

彩が黒木に訊いた。

「佐藤参事官から何か連絡は?」

「しばらく休暇を取ると連絡があった。葬儀に関しては何の気遣いもいらないということだ。むしろ干渉されないほうが都合がよいと言っていた」

娘を目の前で失ったショックはさぞ大きいだろう。しばらくは騒ぎ立てず、見守るほうがよい。ただ、死亡した新田真理は、大手製薬会社アライドファーマの社長の娘でもある。世間の耳目を集めるのは容易に想像できる。

「真理の父親はアライドファーマの社長です。その情報をマスコミが察知すれば、世間に大きな反響があります」

森田が彩の言葉を受けて頭をかいた。

「父親が大手製薬会社社長、母親は厚労省職員の娘が急性薬物中毒で死亡。スキャンダルとしては恰好のネタだな」

大西が何かに気づいたように彩に目を向けた。

「実は、アライドファーマの新田社長にも、合法ドラッグの件で事情を聴取しよう思うとったところなんや。せやけどここ数日出社はしてない言うて断られたわ」

大西がそんな動きをしていたとは知らなかった。合法ドラッグのワーキングチームを潰すことに情熱を傾ける大西ならやりそうだ。

彩が大西に真意を尋ねる。

「やはり、アライドファーマと厚労省上層部につながりがあったのですね」

大西の答えは早かった。

「関係大ありや。医薬食品局の同期に協力してもろて、アライドファーマの幹部から話を聞き出したんや。はっきりとは認めんかったけど、アライドファーマは極秘裏に合法ドラッグの開発と認可を進めようとしとった」

黒木が身を乗り出して大西に迫る。

「省内で立ち上がったワーキングチームとも関係が――」

大西が声のトーンを落とし、三人に顔を近づけた。

「ワーキングチームの中心的人物がアライドファーマの開発を後押ししているのは間違い

ありません。その連中が大臣を巻き込んで主導権を握ろうとしとるみたいです」

森田が顎を撫でながら視線を外した。

「大臣に接近できるということはかなり上の幹部ですね」

「おおかた次の次官レースに食い込もうちゅう、いかにも官僚らしい考えや。せやけど大臣も簡単に首を縦に振らんでしょう。政治家は機を見るに敏、表向きは中立を保って世論がどっちに傾くかを見とるんちゃいますか」

大西がいやらしい目つきで語るのを聞きながら、彩は、省内の派閥や政治家の点数稼ぎに嫌気が差していた。

その時、部屋に振動音が響いた。大西がポケットからスマホを取り出した。

「ちょうど噂をすればや。医薬食品局の同期からや」

大西が電話に出て、数秒後、急に顔色を変えて電話に聞き返した。

「なんやて、ほんまか」

大西の声が珍しく焦っている。何か突発的な事態が起こったようだ。

「わかった。もうちょい情報とってもらえるか。おおきにな」

電話を切った大西に視線が集中した。大西が彩たち三人の顔を見回す。

「アライドファーマの新田社長が急死したみたいや。死因ははっきりわからんみたいやけど、警察は自殺と事故の両方で調べとるそうや」

強い衝撃とともに部屋が静まりかえった。お互いの顔を見合わせながら、出てくるのはため息だけだった。娘の死に続いて、父親の死。新田親子を襲った悲劇に彩はどう向き合えばいいのかわからないまま、沈黙した。

6

七月十七日、午前九時過ぎ。

彩が事務所に着くと、すぐに森田に声をかけられた。

「自殺だったようだな」

森田はスマホの画面を彩に見せた。ニュースサイトにはアライドファーマの社長新田慎一郎死亡のニュースが出ていた。

アライドファーマ代表取締役新田慎一郎氏死亡。

七月十六日未明、新田社長が自宅マンションで死亡したことがわかった。警察の調べで、自殺とされている。新田社長は新田製薬の創業者一族であり、元社長。二〇一二年に米大手製薬会社のアライドファーマとの合弁が決まり、日本法人の社長に就任していた。最近、米国本社から社長交代の株主提案が出されており、新田社長は退任を拒否していた。自殺の背景には米国本社との軋轢があった可能性がある。

　新田の遺体が発見されたのは、真理が中毒死した翌朝だ。真理の死は、父親である新田に、その日のうちに連絡があったはずだ。自らの社長進退問題への苦悩に追い打ちをかけるような娘の死。危険ドラッグによる犠牲者は真理だけではなかった。

「記事には真理の事件には触れられていませんね」

　情報がまだ出回っていないからか、それともマスコミの良心か。

　森田がスマホの検索サイトにキーワードを追加しサーチした。結果、新田社長の自殺に絡んだ真理の事故死に関連するニュースは出てこなかった。

「まだ情報が出回っていないのだろう。そっちのニュースはとっくに取り上げられている」

　森田が改めて『女子高生』、『危険ドラッグ』、『事故死』のキーワードで検索すると、『女子高生危険ドラッグ中毒死』の見出しが出てきた。ネットニュースの記事で女子高生の身元は明かされていないが、このまま小さな記事で終わるとも思えなかった。

「いずれ娘の身元がわかれば、新田社長の自殺との関連性に気づくでしょうね」

森田は表情を曇らせながら頷いた。

「そうなったらマスコミは死体に群がるハイエナみたいに、こぞってスキャンダルとして取り上げるだろうな。もしかすると厚労省との合法ドラッグ開発や元妻の佐藤参事官についても調べ上げるかもしれない」

マスコミの取材能力を甘くみてはいけない。週刊誌の記事が好みそうな陰謀やスキャンダル、変死のワードはそのままキャッチーな記事の見出しになりそうだ。

森田は彩の懸念を認めたうえで、一言付け加える。

「危険ドラッグの撲滅にとっては追い風ではあるが――」

森田が語尾を濁す。

「皮肉なものですね」

危険ドラッグ取り締まり強化の論調は、マトリにとってはチャンスだ。だが、その裏には新田親子の犠牲がある。大西には甘いと言われたが、世論のエスカレーションを期待する気にはなれない。こういう時のマスコミの対応には、いつも不満があった。真理は危険ドラッグの犠牲者であって、決してスキャンダルの対象ではない。世間に訴えなければならないのは危険ドラッグの被害であって、新田親子のプライベートに踏み込んだ事件の暴露ではないのだ。

その時、事務所が一瞬ざわついた。職員たちの目が事務所の入口に向いた。職員の視線の先、捜査課のフロア入口に佐藤参事官が立っていた。

事務所のスタッフたちのなかであからさまに声をかける者はいない。まるで腫れ物に触るような空気が流れている。だが、当の佐藤はそんな空気を微塵も気にせず、真っ直ぐ彩に向かって歩いてくる。彩はどう声をかけるべきか迷ったが、その前に佐藤が切り出した。

「色々と迷惑をかけたわね」

「いえ、こちらこそ」

それ以上、彩は言葉が出なかった。

「ここじゃなんだから、少し出ない」

佐藤の視線が事務所の外に向いた。彩は頷いて立ち上がった。

佐藤が選んだ店は、以前一緒にランチをしたカフェだった。あの時、佐藤は注文したパスタに手をつけず店を出た。

席につくと、佐藤がアイスコーヒーを頼んだ。彩も同じものを注文した。店員がオーダーを取って席を離れると、佐藤の視線が彩とぶつかった。彩は佐藤とどう向き合えばいいのか困惑していた。

「まるで死人でも見る目ね」

決して憐れみを感じているわけではない。だが、佐藤には彩の態度がそう映ったのだろう。無理もない。二日前に娘の真理が死んだばかりだ。葬儀が終わったかどうかわからないが、まだ心の整理はついていないだろう。そして、追い打ちをかけるように元夫の自殺が重なった。

「その、なんと言っていいか……ともかくお悔やみ申し上げます」

「ありがとう。でもね、正直それほど落ち込んでいないのよ」

彩は、佐藤の心境を察することができず戸惑った。たしかに佐藤の表情には、落ち込みが感じられない。

「自分でもびっくり。あまりにもあっけなくてまだ現実だとは思えないのかもしれないわね。立ち直れなくて心が壊れるかと思ったけど、食事もできるし、少しだけど眠れている。これって体がショックで潰れないように、感覚を麻痺させているのかもしれないわね」

「つまり体の防衛本能が働いていると――」

「そうかもしれない。これから先、自分の精神がどうなるかはよくわからないわ。ただ、今度のことで自分の立場がよくわかったわ」

「自分の立場？」

佐藤は両目に憂いを湛え、遠い目をした。

「私はいつも蚊帳の外。妻でも母でもない。だから家族を失ったことよりも、自分が哀れだって思う気持ちが勝ってしまう。自分の存在が世の中から認められていないような、そんな気分ね」

返す言葉が見つからない彩に、佐藤は自分に言い聞かせるかのように話を続けた。

「これまで仕事を最優先にしてきたけど、気づいたら自分が望んでないところに向かっていたのかもしれない。立ち止まって周囲を見回してみると、自分がどこにいるのかわからなくなったわ。随分遠いところに来てしまったようだけど、時間がかかっても、もう一度来た道を引き返してみようと思うの」

佐藤はさっきよりも清々しい顔で彩を見た。

「こんな結果になってしまったのは、私に落ち度があったからね。身から出た錆よ。身内を犠牲にしてまで身を粉にして働いてきた結果がこれよ。出る杭は打たれる。この社会では、目立とうとすると、すぐに足を掬われてしまう。こんな世の中じゃ、何かに挑戦しようとすると大きな犠牲を払わないといけない。でも今度の犠牲は大きすぎた」

佐藤は体内の毒を吐き出すように大きなため息をついた後、すべてを吹っ切ったように顔を上げた。

「厚労省をやめることにしたわ。今朝、退職願を出してきたところよ」

佐藤の言葉を聞いて、彩は耳を疑った。本当にこれが家族を犠牲にしてまで仕事にすべてを捧げてきた佐藤の本心だろうか。

「それで本当によろしいんですか」

佐藤が鋭い視線で彩を睨んだ。

「あなたに言われる筋合いはないわ」

「すみません」

思わず謝ってしまったが、佐藤は彩の顔を見ながら苦笑した。

「あなたの勝ちね。高邁な理想はもうどうでもいいの。いくら理想を掲げても自分の足元が見えていないんじゃ仕方がないわ。あの時、ここであなたに言われた言葉を思い出した。家族のことをもっと真剣に考えるべきだった。今度のことで身に染みてわかったわ。仕事を言い訳にこれまで家族をないがしろにしてきたツケね」

佐藤の独白ともとれる言葉に、彩はいたたまれない気持ちになった。

「これからどうするつもりですか」

佐藤は清々しい顔で答えた。

「薬物依存者のために何ができるかもう一度真剣に考えてみるわ。これ以上犠牲者を生み出さないよう、立場を変えて考えてみたいの」

彩は言葉が見つからず、ただ頷くしかできなかった。

佐藤が強い眼差しを彩に向けた。

「これから先は大変よ。後始末は任せるわ。この国を正しい方向に導いて。期待しているわ」

もしかすると佐藤を追いつめたのは自分なのではないか。もっと別の形で佐藤と仕事ができたのでは。そんな思いが彩の脳裏を過った。だが、時間は戻せない。結果は変わらない。ここから先は前を向いて歩いていくしかないのだ。

「私たちはやるべきことをやるだけです」

余計なことは話さず、ただそれだけを伝えた。

佐藤が初めて笑みを浮かべた。

「じゃあね、霧島彩さん」

佐藤が伝票を手に席を立った。彩は恐縮しながら店を出て行く佐藤を見送った。

7

七月十九日。佐藤が厚労省を辞めてから二日後、マスコミの攻撃が始まった。

アライドファーマ社長の新田慎一郎の自殺と娘、新田真理の薬物中毒死を絡め、容赦のない記事が夕刊に流れた。さらに、夕方のニュースでも報道が世間を騒がせていた。

危険ドラッグに殺された悲劇の親子

先ごろ亡くなったアライドファーマ社長の新田慎一郎氏（五六）の娘が薬物中毒で亡くなっていたことがわかった。新田真理さん（一八）は都内の危険ドラッグ店で入手した薬物を摂取し、急性薬物中毒で都内の病院に救急搬送され、死亡が確認された。新田社長が自殺したのは、その翌日だった。

悲劇の親子の死に関係していたのは、危険ドラッグだった。アライドファーマの前身、新田製薬は過去、向精神薬の開発を手掛けていた。そして娘は中毒死、父は自殺。親子を襲った悲劇の裏側には危険ドラッグへとつながる罠があった。心の病を治す抗うつ薬と心を蝕む危険ドラッグ。どちらも求めるものは精神の安寧だ。だが、その間には大きな隔た

りがある。それは合法か、違法かではなく、安全か危険かの溝だ。その背後にある疑惑が顔を覗かせている。それが危険ドラッグの合法化だ。

夕刊のスポーツ紙の内容とはいえ、かなり踏み込んだところまで書かれてある。大手の新聞紙面には書けないような内容だが、週刊誌が飛びつきそうなスキャンダルネタだ。

——いったい誰がこんな情報を？

他の記事には合法ドラッグの認可についての憶測が書かれ、新田社長の元妻が厚労省職員だったことまで暴露されていた。ここまでの情報をマスコミが独自に入手できるものなのか。

それにしても、書かれてある内容は事実には違いないが、他人のプライベートにずけずけと踏み込む厚顔無恥なマスコミの態度に、彩は苛立っていた。

もしかすると、佐藤が早々に厚労省を辞めたのは、こうしたマスコミの攻撃を予感していたからではないだろうか。現役の官僚が紙面を賑わせるようでは迷惑をかける。まして、娘が薬物中毒死、元夫が自殺。その上、合法ドラッグに関する政府との癒着にまで憶測が及べば、省内で騒動が大きくなるのは当然だ。記事が表に出れば、省内でも事情の説明を求められる。もしかすると佐藤は騒ぎを避けるため、自ら身を引いたのかもしれない。

いずれにせよ、厚労省としては、渦中の職員は既に退職しており、様々な抗議や疑惑から逃げる口実を得たことになった。

そんな省内のごたごたよりも。心配なのは佐藤のメンタルだ。家族と仕事を失った佐藤は、一人孤独にマスコミの無責任な糾弾に耐えているはずだ。心身ともに衰弱しているかもしれない。

彩はかつて弟が巻き込まれ、犠牲になって死んだ、医大内の薬物スキャンダルを思い出した。開業医から違法に持ち出した医療用のモルヒネで中毒死した弟は、あらぬ疑いをもたれ、世間からバッシングを受けた。

佐藤の気持ちが手に取るようにわかる。彩も父が急死、その後、事件で弟を失い、最後は母が自殺した。一人残された彩は強いショックで精神を病んだ。同じようなことが佐藤の身にも起こっている。

彩は終業時刻を待って、総務課に駆け込んだ。職員が帰る前に佐藤の住所と連絡先を聞き出すためだ。元職員ではあるが、連絡を取るために総務課は知っているはずだ。個人情報だが、同僚ならば聞き出せる。彩は顔見知りの職員を捕まえて、連絡を取りたいからと佐藤の自宅と携帯番号を聞き出した。

いてもたってもいられず、佐藤の携帯にかけた。電話はコール音だけでつながらなかった。改めてかければいいとは割り切れなかった。真理が死んだ時と同じ嫌な予感がどうしても拭えなかったのだ。

佐藤の自宅の住所を確認してから、事務所を出た。街道に停まっていたタクシーを捕まえた。

佐藤の自宅は中野坂上駅近くのマンションだ。彩は運転手に行き先を告げると、佐藤の携帯にもう一度かけた。相変わらず電話は通じなかった。

出がけは雨が降っていなかったが、急に雨雲が出てきた。夕方から雷雨の予報だった。タクシーの窓にぽつりと雨粒がぶつかる。やがて、その音が大きくなって車窓を叩く間隔が短くなる。

「降ってきましたね」

タクシーの運転手の言葉に適当に相槌を打ちながら考えた。

タクシーがマンションの前に着いた。彩は支払いを終え、マンションのエントランスまで走った。

エントランスでもう一度佐藤の携帯に電話した。相変わらずコール音だけで電話はつながらない。取り込み中なのか、それともわざと出ないのか。自宅にいるかどうかもわからないが、ここまで来たら直接訪ねるだけだ。

佐藤の部屋番号のインターホンを押した。声は返ってこない。留守なのかもしれない。もう一度呼び出すが反応はなかった。

出直したほうがいいのかもしれない。そう思った時、たまたまマンションの住人がオートロックのエントランスから入った。彩はやや間をおいて、マンションの中に入った。そのままエレベーターで佐藤の部屋の前まで行った。改めてチャイムを押すが、やはり反応はない。心配は解消されなかったが、これ以上どうすることもできない。あきらめて帰ろうとした時だった。エレベーターが停まり、女性が降りてきた。佐藤だった。佐藤は彩を見つけ、声をかけた。

「何してるの？」

「佐藤さんが心配で」

それ以上の言葉が出てこなかった。佐藤はすべて承知したようにドアの鍵を開けた。

「中に入りなさい」

彩は佐藤に言われるままに部屋の中に入った。

「心配は結構だけど、傘も持たずに来たの？」

佐藤は彩の濡れた髪を見ながら、「ちょっと待って」と部屋の奥へと入っていった。戻ってきた佐藤からタオルを受けとった。

「着替えあるわよ」

「いえ、ご無事だったらいいんです。これで失礼します」

彩が踵を返そうとすると、佐藤が引き止めた。

「まだ雨、降ってるわよ。少し中で休んでいきなさい」

佐藤に言われ、彩は断れず、靴を脱いだ。

リビングのテーブルに座りながら、佐藤の淹れてくれたアイスコーヒーを飲む。

「着信が何件も入っていたわね。気づかなかった」

つながらないと不安になり、嫌がらせのように何度もかけた。出られない事情があったのだろうが、とにかく無事を確認したかった。

「すみません。つながらないとつい不安で」

「私が自殺するとでも思った？」

正直なところ、そう思ったからあわてて駆け付けたのだ。だが、それは杞憂だったようだ。無言の彩に佐藤は口角を上げた。

「みくびらないで。私はそんなに弱くはないわ」

きっぱりと言い切る佐藤の言葉で安堵した。だが、佐藤の顔をよく見ると、目元にはクマがあり、顔色も良くない。言葉とは裏腹に心痛はかなり深いはずだ。

「無事ならいいんです。ニュースを見て、つい心配になってしまって。マスコミからの攻撃に心を痛めておいでかと――」

「あれは私がリークしたのよ」

彩は思わず佐藤の顔を凝視した。佐藤は何事もなかったように続けた。

「あのニュースが出れば厚労省で合法化を訴える者はいなくなるわ。あなたたちが望んでいたことでしょ」

「それはそうですが、身内の死を暴露してまでそんなことを――」

「――だからこそよ」

佐藤の目が急に強い光を放った。

「真理の死を無駄にしないため、いえ、私がしてきたことへの落とし前かしら」

――落とし前。

心の中でそうつぶやいた。佐藤が察したように滔々と話し始める。

「私が薬事審査の担当になってしばらくして、夫の会社からの利益供与を疑われたわ。身内に製薬会社の社長がいるというだけで、周りは私を色眼鏡で見たのよ。女が出世に食い込もうとすると、足を引っ張る人が必ずいる。疑われた私は省内で孤立した。その時、当時の局長が私を守ってくれたの。その後、身の潔白を証明するために、離婚したわ。夫婦関係もうまくいってなかったし、何より家庭に入るよりも仕事がしたかった。そうやって必死に働いて今の地位を築いてきた。失ったものはあるけど、代わりに手に入れたものもある。だから後悔はしていなかった。今まではね」

佐藤の目が一瞬憂いを湛えるように揺れた。

「結局、私はただのスケープゴートだったのよ。私を利用していたのは、かつて守ってくれた局長だった。今回の件は私なりの復讐よ。利権絡みの政策を糧に、のし上がろうとする連中のはしごを外してやりたかった。でも自爆テロもいいところね。結局すべてを失ったわ。今になってやっと、仕事のために犠牲にしたものがいかに大きかったのかを悟ったわ」

自嘲気味に話す佐藤の言葉から本心が見えてきた。

「新田が死んだという知らせが警察からあった時、色々と訊かれたわ。新田の携帯の着信には私からのものもあった。でも、新田が自殺する直前にかけた相手は東田龍一だった。どんなやり取りがあったのかはわからない。ただ、東田が新田の自殺に関係しているのは間違いない」

「東田は新田さんに何を――」

「わからない。警察も死因を自殺と断定した以上、詳しいことは調べなかった。でも、私は束田が新田と真理を殺したと思っている」

佐藤は熱を上げて続ける。

「束田という男を殺してやりたいくらい憎んだわ。でも、それがあの男のやり方なのかもしれない。自分では手を下さず、混乱を起こして相手を自滅させる。それがあの男の常套手段なのだと。あの男を殺しても真理は返ってこない。だから、あなたに任せることにした。あの男を社会的に殺してちょうだい。危険ドラッグをこの世から消して、二度とこんな悲劇が起きないようにして」

言葉の端々から佐藤の強い憤りを感じた。彩は強く頷き、答える。

「仲間と一緒にやります」

佐藤は吹っ切れたように口元を緩めた。

「それにしてもあなたもせっかちね」

「同じ過ちは二度と繰り返したくない、そう強く思いました」

真理を助けられなかった。もっと早く対処していればなんとかなったかもしれないのに。

その思いが彩をここに向かわせた。

「あなたも家族を失くしたのよね」

彩は黙って頷いた。

「あなたはどうやって立ち直ったの？」

「私は――」

佐藤の問いかけに、彩は家族を失った時のことを思い出した。立ち上がれないほどの喪失感、絶望、しばらく何もすることができなかった。そんな彩が立ち直れたのは、麻薬と戦うことへの決意だった。

「これ以上悲劇を生まない。そのために自分にできることをやる。その使命感を糧に生きてきました」

佐藤は俯いた。目元が赤くなっている。

「同じ使命感を私も持っていたわ。でも私にはもう何もない」

彩は咄嗟に首を横に振った。

「佐藤さんにはまだやるべき仕事があります。厚労省を辞めても、これまで培ってきたご経験を生かせるはずです」

佐藤は黙ったままだった。雨の音が止んだ。彩は空になったグラスを持って立ち上がった。

「そろそろ失礼します」

グラスを片付けようと、キッチンの前に立った時、ふとプラスチックケースに入った薬を見つけた。錠剤のシートがいくつも無造作に置かれている。デパス、ドグマチール、マイスリー他、数種類の錠剤。どれも抗不安薬や入眠剤の類だ。佐藤がどんなに強がっていても、心は弱っている。崩れそうな心を必死に支えながら立っているのだ。

彩は背中を向けて座る佐藤の後ろに立った。肩に両手を乗せて呟いた。

「今日は泊っていきます。図々しいって言われても構いません。佐藤さんももう強がらないでください」

佐藤は振り向かず声を震わせ、肩に乗っている彩の手を握り返した。

「――好きにしなさい」

七月二十一日、月曜日。出勤早々に彩は森田とともに黒木部長に呼ばれた。

部長室に入ると、大西が部屋にいた。彩が挨拶すると、大西は間髪を容れず、言い放った。

「決まったで。いよいよ一斉検査命令の準備ができたんや。これで一気に攻勢に転じるで」

「では薬事法の運用が決まったのですね」

「そうや。これで危険ドラッグ店を撲滅できるで」

大西が望んだ通りのシナリオだ。ただ、彩にはまだ気になることがあった。

「鬼束の動きが摑めていません。新宿の系列店舗はすべて閉店、いったいどこに行ったのか」

大西がそこに口を挟む。

「鬼束の狙いは競合が消えた後、闇ルートで危険ドラッグを独占することや。そのための準備を進めとるんやろう」

「では、これからやる一斉検査命令は――」

「鬼束にとってはチャンスやろうな」

彩が顔色を曇らせる中、大西は開き直ったようにぱんと手を叩いた。

「鬼退治は危険ドラッグ店を潰してからや。ええな」

有無を言わさずという勢いで言った。

大西の言う通り、目下の最優先事項は危険ドラッグ店の殲滅(せんめつ)だ。だが、作戦が成功し、表の市場から危険ドラッグが姿を消した後、出てくるのは鬼か蛇か。

いや、何が出てこようと立ち向かうしかないのだ。彩は覚悟を決めて立ち上がった。

第六章　黒幕

1

七月二十二日、午後六時。

黒木部長から捜査課の取締官全員に招集がかかった。電光石火、事前に大西から一斉検査についての情報は得ていたが、事態は予想以上に早く動いた。

会議室に取締官が集まると、黒木が危険ドラッグ捜査についての骨子を説明した。

「本省からの通達で、麻薬取締部に危険ドラッグ取締対策本部を設置する。現在担当している業務は一時中断、危険ドラッグ対策に全精力を注ぐ。関東だけではない。全国の麻薬取締部が一斉に対策に乗り出す。目的は店舗の殲滅だ。できるだけ短期間で全国にある二百余りの店舗を営業停止に追い込む」

黒木の説明に、集まった取締官たちの士気が上がるのをひしひしと感じた。これだけ大規模な取り締まりは前例がない。全国一斉にというのも異例だった。

黒木が検査命令についての具体的な作戦に触れた。

「全国に取締チームを配置、執行班と検挙班に分かれ、事前調査で調べた店舗に検査命令の波状攻撃をかける。店舗に対してドラッグの検査命令を出し、結果が出るまでの間、営業停止を命ずる。もし、店舗が従わない場合は、警察の協力を仰ぎ、検挙する」

黒木の力強い言葉には、強い決意が込められていた。この日を境に、危険ドラッグとの最後の戦いが始まった。


午後八時前。面会時間が終わる間際に、彩は関東医科大学病院に入った。

最初に堤の病室を訪ねた。個室のドアをノックすると、すぐに返事があった。堤はベッドを起こし、タブレットを見ていた。

「具合はいかがですか」

堤がタブレットから目を離し、彩を見た。

「まだベッドから起き上がれないが、リハビリに励んでいる」

堤に助けられなければ、今頃入院していたのは彩だった。

「すみません、私のせいで」

「おまえのせいじゃない。最初からあの車は我々を狙っていた。一人助かっただけでもよかった」

こんな時にも気遣いを見せる堤を愛おしく思った。

「それより大丈夫なのか。一斉検査の前だろう」

「今しか来られないと思いまして」

堤が頷いてから言葉を返す。

「ついに本省が動いたな、これで一気に店舗を殲滅できる」

「大西専門官のご尽力の賜物です」

「そういえば、佐藤参事官の娘のことだが残念だった」

彩は悲痛な面持ちで頷いた。

堤は彩に射貫くような視線を向けた。

「起こったことは仕方がない。あまり気に病むな」

堤らしい配慮に満ちた言葉だった。だが、何と言われても後悔は残っている。

「佐藤さんは娘と元夫を失うことになりました」

「犠牲を背負って、それでも悲劇を減らすために足搔くのが我々の仕事だ。だが、その重荷をすべて背負う必要はない。心にとどめて前に進む。それが生き残った者の役目だ」

彩は力強く頷いた。堤の覚悟に、彩の心はわずかだが晴れた。

「さっき辰巳の父親が来た。まだ病室にいるはずだ。顔を見せてやれ」

辰巳の父が。そういえば、直が入院してからまだ会っていない。

「わかりました。お大事になさってください」

彩は最後にもう一度頭を下げて、病室を後にした。

2

堤の病室を出て、辰巳直の病棟に向かった。

直の父親に会うのが怖かった。娘を頼むと言われていたにもかかわらず、守れなかった。その罪悪感がずっと心の中にあった。直に勝手な行動をさせたのは自分の責任だ。それを詫びなければならない。

病室の扉がいつもより重く感じられた。部屋は淡い照明に包まれていた。ベッドの前に背中を丸めた辰巳が座っていた。彩は辰巳の背中に声をかけた。辰巳が振り向いて彩を見つめる。

「お嬢か」

辰巳は握りしめていた直の手をそのままに娘を見た。直は目を閉じて眠っている。

「ちょうど眠ったところだ。外で話そう」

辰巳は立ち上がり、彩の背中を押した。二人は病室を出て談話室のソファーに座った。彩は自動販売機で缶コーヒーを二つ買って、一つを辰巳に渡した。

「すまんな」

辰巳がソファーに腰を下ろし、缶コーヒーを開けて一口飲んだ。長い梅雨がようやく明け、夏らしい暑い日が続いている。彩は冷たい缶に触れながら、辰巳に頭を下げた。

「辰さん、こんなことになって本当に申し訳ありません」

辰巳が横目に彩を見た。

「事情は堤からあらかた聞いた。あいつが勝手に店を訪ねたそうだな」

「私が一緒に行動していればこんなことには――」

「あいつも子供じゃねえんだ。勝手な行動をすれば、どうなるかわかったはずだ。ともかく最悪の事態にならなくてよかった」

最悪の事態とは命を落とす、という意味だろう。ただ、直が受けた傷を考えれば、大きな犠牲を払ってしまった。

「あいつが何を調べていたのか聞いたよ。鬼束って男が原因だな」

彩が頷いた。

「直さんが調べようとしていたのは、鬼束たちが創った新しい危険ドラッグです。ただ、鬼束たちはそれを完成させると、一斉検査命令を前に店を閉めて地下に潜りました」

「本省から出向していた参事官が辞めたそうだな」

「娘さんと元夫が亡くなりました」

「嫌なこと思い出しちまったんじゃねえか。だがな、そういうことはこれからも起こる。それに耐えても仕事を続けたいか」

「もし私の仕事で一人でも助けられるなら、そうします」

辰巳が深く頷いた。

「佐藤の娘は、何でドラッグに手を出したんだ」

「彼女は完璧なドラッグを欲しがっていました。日々の鬱屈を晴らすために救いが必要だったんです」

「本当にそれだけか」

彩が辰巳に顔を向けた。

「なんか引っかかるんだ。佐藤の娘は身をもってドラッグを試していた。ドラッグに取り憑かれたように。似たようなことが前にもあったじゃねえか」

辰巳は三年前の連続薬物中毒不審死事件を示唆しているのだろう。ドラッグに取り憑かれた人間は過去にもいるし、これから先も出てくるだろう。新田真理は救いを得るためにドラッグに執着していた。何が、いや誰がそうさせたのか。

「新田真理を使っていたのは、ドラッグデザイナーの鬼束です」

「その鬼束って野郎の正体はわかったのか」

「大手製薬会社のアライドファーマの前身、新田製薬の元社員で、本名は東田と言います。アライドファーマの社長は佐藤参事官の元夫でした。ただ、佐藤さんは東田と新田社長のつながりを認めませんでした。東田はカリスマと呼ばれるドラッグデザイナーと組んで、完璧な脱法ドラッグを開発していました。最初は新田慎一郎がカリスマだと思っていましたが、どうやら違ったようです」

辰巳が顎を撫でながら、深いため息をついた。

「そのカリスマとかいう奴が黒幕だな。そいつの尻尾がなかなか摑めないってわけか。厚労省の動きはどうなってる?」

「本省からはドラッグ販売店への一斉検査命令の指示が出ています。これで全国のドラッグ店は叩けます。ただ、当の東田は店を閉めています。今回の一斉検査での検挙は無理です」

彩の懸念を辰巳が代弁した。

「商売敵がいなくなった後で、完璧なドラッグっていう弾を打ち込むつもりか。鬼を退治するには別の武器が必要になるぜ」

今のところその武器はない。

辰巳が何かを吹っ切ったように彩の肩を叩いた。

「お嬢たちは一斉検査命令に集中しろ。鬼退治には仲間が必要だ。俺なりに鬼の弱みを調べてみるよ」

こんな状況でも助けてくれようとする辰巳に彩は感謝した。

「辰巳さん、ありがとうございます」

「娘がこんな目に遭わされたんだ。俺だって黙ってられねえ」

彩は辰巳の手を取り、握りしめた。辰巳が彩の背中を撫でる。辰巳の手の温もりを感じながら、目頭が自然と熱くなった。

3

八月十二日。一斉検査命令が出てから三週間が過ぎた。全国に拠点を設けた取締官たちは、次々にドラッグ店への検査命令を実行した。従わない業者は検挙し、順調に店を廃業に追い込んでいった。

午後五時過ぎ。この日も対策本部には各地の執行チームから立入検査の結果が報告されていた。壁に貼られた地図に示されたドラッグ店が黒く塗りつぶされていく。本部に詰めていた彩にも黒木部長の声が耳に入った。

「そうか、渋谷の店舗が廃業か。よくやった」

地図がまた一か所塗りつぶされる。この三週間、全国の取締官たちが休日を返上し、取り締まりに奮闘した結果、販売店は二百から二桁にまで減っていた。残る店舗は三十余り。ゴールはもうすぐだった。

「ようやく先が見えてきた。追い込みだ。もう一息頑張ってくれ」

黒木の力強い声に、本部にいた取締官たちが奮起した。

作戦が順調に進んでいる中、彩には気がかりもあった。鬼束の動きが摑めないのだ。一斉検査命令を前に店をたたみ、姿を消した。以来、表舞台から姿を消したように音沙汰がない。やはり検挙を恐れて地下に潜ったのだろうか。こうも静かだと逆に怪しい。大西専門官からもその後、鬼束の情報は入らず、独自に動くと言っていた辰巳からも連絡はなかった。

班長の森田が彩を呼んだ。

「霧島、今日はもう一軒あたろう」

彩が森田に応じ、本部を出ようとした時、スマホが震えた。着信は大西からだった。

「ようやく鬼の住処（すみか）を摑んだで」

噂をすれば。大西は独自に鬼束を探していたようだ。

「奴はどこに？」

「詳しい話は本省でするわ。黒木さんにも話があるんや。今から霞が関に来てもらえへんか」

「わかりました」

彩は森田に断り、黒木に声をかけた。

「大西専門官から本省に来るようにと」

「わかった。今から行こう」

彩は黒木とともに本部を出て、タクシーで霞が関に向かった。

午後六時。彩は黒木とともに厚労省の麻薬対策課を訪れていた。会議室に通された黒木と彩は大西を待っていた。

「事前に何か聞いていないのか」

黒木の質問に彩は首を横に振った。

本省からの呼び出しとあって黒木も時間を都合したが、詳しい内容は来てから話すと言われていた。

会議室の扉が開くと、大西が入ってきた。続いて麻薬対策課の二階堂課長、さらに伊佐美(いさみ)審議官が続いた。黒木が立ち上がり、彩もそれに倣った。後ろから数人の職員とともに入ってきた人物を見て、黒木が呟いた。

「田島(たじま)大臣」

入ってきたのは厚生労働大臣の田島恒夫(つねお)だった。二階堂課長が大臣に席を勧めてから、黒木に囁いた。

「忙しいところすまん。ちょうど大臣が在省されていたので、激励してもらうようお願いした」

田島が中央の席に座ると、二階堂が大臣に黒木たちを紹介した。

「大臣、こちらが現場を統率している麻薬取締部の黒木部長と部下の霧島副主任です」

田島が笑みを浮かべ、黒木と彩を見た。

「危険ドラッグの取り締まり日夜ご苦労。危険ドラッグ問題は喫緊の課題として、国会でも早期に対策を打ち、撲滅するよう声が上がっている。現場の状況はどうだ？」

黒木が大臣の質問に歯切れよく答えた。

「一斉検査命令が功を奏し、約二百あった販売店が三十店まで減りました。壊滅まであと少しです」

黒木の報告に、田島は表情を緩めた。

「そうか。それは良かった。政府としても今後必要な法整備をどんどん進めるつもりだ。困ったことがあればなんでも言ってくれ」

二階堂課長が間を取り持つように黒木に伝えた。

「大臣から栄養ドリンクの差し入れをいただいている。現場の職員に渡してくれ」

田島が満足気に言い添える。

「ここが正念場だ。よろしく頼む」

「全力で取り締まりを強化します」

黒木が力強く答えると、田島は満足した顔で立ち上がり、黒木に握手を求めた。黒木が田島の手を握った後、田島は彩にも手を伸ばした。

「女性の取締官にはもっと活躍してほしい。現場は大変だろうが、頑張ってくれ」

彩は大臣の手を握り返し、頑張ります、と応えた。

わずか五分ほどの接見だったが、強い力を得た気分だった。

大臣と審議官が退室した後、二階堂が席に座りなおした。

「というわけで、大臣も君たちに期待している。それでだ、取り締まりを一段と強化するために、法改正をさらに進めたい。大西君、説明を頼む」

二階堂が大西に目配せした。大西がタブレットを見ながら説明を始めた。

「次の薬事法改正には今から説明する三つの規定を盛り込みます。一つは検査命令・販売等停止命令の対象物の拡大。二つ目は、広告中止命令の設定。そして三つ目はプロバイダーへの削除要請・賠償責任の制限です」

普段は関西弁の大西だが、二階堂課長の前では標準語で話していた。

黒木が大西に確かめる。

「店舗だけでなく、ネット販売への対応までカバーするわけですね」

「その通りです。ただ、それだけではありません。これまでは指定薬物の疑いのあるものにしか販売停止命令が出せませんでしたが、今回の改正では、対象物を〝指定薬物と同等以上の蓋然性が高い物である疑い〟のある薬物にも広げます。これで指定薬物逃れで新たな構造式を作り出そうとしても規制が可能になります」

大西の説明では、これまでは分析結果を待って、規制薬物であると認められなければ、摘発できなかった未規制の物質を、この改正で『指定薬物と同等以上の蓋然性が高い物である疑い』という項目を追加することで、指定薬物と同じように取り締まりが可能となる。つまり、危険ドラッグとみなされれば、その場ですべて取り締まりができるようになる。

黒木が強く同意して、二階堂課長に伝えた。

「これでまた新しい武器で戦えます。さらに攻勢をかけて販売店を全滅させてみせます」

大西が口を挟んだ。

「販売店が潰れると、業者は地下に潜って闇サイトで販売しようとします。ぜひそこも潰してください」

「わかりました」

別れ際、二階堂は「期待していますよ」とエールを送った。

打ち合わせが終わり、黒木と彩が会議室を出ようとすると、大西が黒木に声をかけた。

「ちょっと霧島さんと二人でお話がしたいのですが」

黒木が彩に目配せして伝えた。

「そうか、なら私は先に戻る」

黒木は二階堂とともに会議室を出て行った。大西はテーブルに戻ると、彩に席に座るよう促した。

「大臣をようやく取り込んだんや。これで厳罰派の勝利は確定や」

関西弁に戻った大西は態度まで変わったようだ。

「まさか大臣が直々に激励にきてくれるとは思いませんでした」

「これもマスコミの力や。世論が危険ドラッグに批判的になった途端、手のひら返したんや。利権よりも支持率が大事や思うたんやな。そのあたり政治家はわかりやすくてええわ。それより、さっきの法改正は鬼退治の武器や。これ見てみい」

大西は彩に見えるようにタブレットをテーブルに置いた。画面には危険ドラッグの販売サイトが表示されていた。サイトに看板商品として大きく掲示されていたのは『レッドドラゴン』というドラッグだった。

「これ、まさか？」

「せや、おそらく鬼束が作ったドラッグやろ。店舗が潰れていくのを横目に、しゃあしゃあとネットで販売しとったんや。さっそく取り寄せて調べてみたら、これまでの指定薬物から外れている新薬やった」

「だからあの法改正を」

「ザッツライトや」

さらなる法改正の狙いが、このサイトを潰すためだと改めてわかった。

彩は、鑑定課の吉沢に依頼していた、真理が握り締めていたビニール袋に入っていた薬物の分析結果について触れた。吉沢は分析を終え、構造式は判明している。

「そのドラッグの分析は終わっています。指定薬物への認定の手続き中です」

「せやったら、このサイトの取り締まりも時間の問題やな」

大西の言葉に彩は深く頷いた。

「よっしゃ、ほならいよいよ鬼退治や。頼むで、桃太郎さん」

大西の力強い声に彩は頷いた。ただ、問題は肝心な鬼がどこにいるかだ。

「電話で鬼の住処を摑んだと？」

大西が口角を上げて答える。

「せや、今から二人でそこに行くんや」

「今から二人でですか」

彩が驚いた表情で言うと、大西は平然と言い返した。

「奴の行動はちゃあんと摑んどる。部下に監視させとったんや」

「いつの間にそんなことを」

「敵を知り己を知れば百戦なんとやらや」

「鬼束はどこに？」

大西が腕時計を見た。

「普段どおりなら、この時間ギロッポンで遊んでるはずやな」

六本木。まさかあのクラブか。

「ほな、鬼退治に行くで」

大西はまるでスキップでもしそうな軽快さで席を立ち、会議室を出て行った。

彩が会議室を出ようとした時、スマホに着信が入っているのに気づいた。着信は辰巳からだった。大西に断り、電話を掛けなおした。

「すまねえな、こんな時間に。例の鬼退治の仲間を集めた。あとは鬼の居場所だ」

どうやら辰巳も独自に動いていたようだ。

「仲間って誰ですか」

「霧島はこれ以上関わるな。あの鬼畜野郎は薬事法なんて手ぬるい法律で裁けねえ。奴がしばらく表を歩けねえようにしねえと、俺は安心して眠れねえんだ」

辰巳なりに娘の仇を討とうとしているようだ。だが、辰巳一人に背負わせるわけにはいかない。

「これから奴のいる場所に移動します」

「なんだと、奴の居場所がわかるのか」

「鬼束は私と大西さんで追い詰めます」

「バカやろう。俺にもやらせろ。これは娘の仇討だ」

彩が迷っていると、大西がしびれを切らしたように会議室に戻ってきた。

「何もたもたしてんねん。はよ行くで」

彩は頷いてから辰巳に伝えた。

「場所は直さんに訊いてください。そう言えばわかります」

彩はスマホを切って慌てて大西の後を追いかけた。

4

午後七時過ぎ。大西とともにタクシーで六本木に向かった。タクシーの中で大西は、終始無言でスマホをいじっていた。鬼束との対決を前に何を考えているのか。この人の頭の中はいつもわからないが、ひとつだけはっきりしているのは、どんな手段を使っても必ず危険ドラッグを撲滅するという強い意志だ。飄々としながらも、根底には強い使命感が満ちている。そんなところまで父親にそっくりだった。

彩は、以前から抱いていた疑問を大西にぶつけてみた。

「大西さんはなぜ厚労省に入ったんですか」

大西が訝しげな視線を彩に向ける。

「なんや、藪から棒に」

「いえ、やはりお父様の影響かなと思いまして」

大西は少し考えてから、呟くように話した。

「おとんは反対しとったよ」

大西が揺るぎない口調で続ける。

「せやけど、私は恰好ええと思ったんや。なんちゅうかな、麻薬Gメンてええ響きやん」

目を輝かせながら話す大西が、まるでアイドルに憧れる乙女のように見えた。

「おとんとはだいぶちゃうけど、アンタッチャブル見て思ったんや。やっぱりケビン・コスナーはいかすなあって」

彩が拍子抜けしていると、大西の表情が厳しくなった。

「あんたは弟の復讐がしたかったんやろ」

彩は控えめに頷いた。

「せやから負のオーラが出とるんや。自分の揺るぎない正義をもったほうがええで。そやないと、相手の正義に呑み込まれてまうで」

彩は思わずため息をついた。大西がそれを見て、余計なお節介やったなあ、と苦笑した。

タクシーが六本木に着いた。彩が先導してクラブに向かった。店の入口を前に不安が過った。大西に言われるまま来たが、こっちは丸腰だ。

「私たち何も武器を持っていません」

「あの男に銃なんて通じへんよ。うちらの武器は法律や」

大西がまっすぐ店に入る。彩は大西の背中を追いかけた。

店に入ると、相変わらずEDMが流れていた。彩が店員を呼んだ。

「待ち合わせよ。VIPルームに通して」

店員に案内されて店の最奥にあるVIPルームに入った。部屋の中央に置かれたソファーに鬼束が座っていた。鬼束が彩に気づくと、出迎えるように立ち、両手を広げて微笑を浮かべた。

「これはこれはマトリのお嬢さん。おや、もう一人可愛らしいお嬢ちゃんがいるな」

大西が腕を組みながら前に出る。

「あんたが鬼束ね」

鬼束は再びソファーに腰を下ろし、足を組んで値踏みするように大西を睨んだ。

「あんた誰だ？」

「厚生労働省麻薬対策課の大西よ」

鬼束が唇の端を吊り上げ、蔑んだ表情を浮かべた。

「彩ちゃんのお友達か。それで、俺になんか用か。もしかして3Pでもしようってのか。俺は構わないぜ。あんたみたいなキュートな女ならいくらでも相手するぜ」

下品に笑う鬼束に大西は余裕のある態度で応じた。

「くだらない冗談はそこまでや。罪状はいくらでもあるで。まずはあんたの所持品検めさせてもらうで」

鬼束は組んでいた足を戻して立ち上がった。嘲笑とともに余裕を醸し出しながら大西を睨んだ。

「関西弁の女も好きだぜ。好きなだけ調べたらいい。なんだったら、日ごろの欲求不満を解消できる薬ならいくらでも分けてやる。せっかくだから俺と一緒にとびっきりのクスリでも食うか。あんたが関西弁であえぐ声聞いてみたいしな」

「ええでえ。ただし、うちらの事務所の取調室でや」

大西の冷静な態度に鬼束は表情を変えた。

「あんたらはいつも勝手な都合で市民の権利を迫害する。俺がいつ違法薬物をやったってんだ」

大西は胸のポケットから折りたたんだ書類を出し、鬼束の目の前に掲げた。『レッドドラゴン』をはじめ、危険ドラッグと思しき商品が掲載された販売サイトが印刷されていた。

「あんたがネットでドラッグを売ってんのはわかってんねん。せやけど、そのドラッグもすぐに規制薬物に指定される。言っとくけど新しいドラッグ創ろうおもても無駄やで。次の法改正でそれもでけへんようになる。悪いこと言わへんから商売変えたらどうや」

鬼束が大西に向けていた目が一瞬揺れたように見えた。だが、すぐにいつもの人を馬鹿にしたような表情に戻った。

「あんたらがいくらルールを変えたって関係ねえ。俺たちは俺たちのルールで行動している。サイトを取り締まったって無駄だぜ。俺には辿り着けないし、いくら摘発しても新しいサイトはどんどん生まれる。どんな法律があってもそんなのは砂上の楼閣だ。俺たちには法律なんて関係ねえ」

鬼束は前のめりに、大西に鋭い視線を向けた。

「客は俺たちのクスリを求めてんだ。俺たちは常に客の声に耳を傾けて価値を生み出してる。どんなに法で取り締まろうたって、人の快楽や欲望までは取り締まれない。あんたたちはせいぜい聖人君子の振りをしてマスターベーションでもしてればいい」

大西は鬼束のどす黒い気迫にひるむことなく、余裕の表情で返した。

「減らず口はそのへんでやめときや。何が価値や。あんたが作っとるんは汚染物質や。空気が汚れる前にあんたらを隔離したるわ。しばらく娑婆の空気吸えんようになるんや。せいぜい今のうちに楽しんだらええ。感謝したほうがええで。わざわざそのこと教えに来てやったんや」

「おいおい、勘違いしねえでくれよ。俺はあんたたちに協力してやっただろう。危険ドラッグの取り締まりはうまくいったんだろう。ならいいじゃねえか。あとは俺に任せるんだ。偽物がなくなって、ようやく本物だけが残る。なあに、法律が認めなくたって本物はちゃあんと支持されるんだ。俺が創ったレッドドラゴンは完璧だ。これはまともな薬だぜ。そもそも俺の創る薬はただの快楽のためじゃない。人間の持ってる本来の力を引き出すんだ。人間は脳細胞のわずか三パーセントしか使いこなせていない。レッドドラゴンにはそのリミッターを外す作用がある。これまで縛られていた能力を解放し、真の力を発揮できるんだ。どうだ、素晴らしいキャッチだろう。だが、商品に偽りなしだ。なんてったって使うだけで新しい世界が開けるんだ。じめじめとした地下から出て、明るい世界に飛び出せる。太陽の下で思いっきり人生を謳歌できる。いいか、これは魂の救済だ。心の解放だ。俺を見ろ。陽の当たらない地下室でみじめな暮らしをしていた俺は、この薬のおかげでこうして表舞台に立っていられる。糞みたいなこの世の中で生きていけるんだ」

鬼束の陶酔した表情に冷や水をあびせるように、彩が言い返す。

「何が魂の救済よ、心の解放よ。あなたは自分の鬱屈した人生から逃げ出すために薬に頼ったのよ。だから新田製薬を辞めた後も、新田慎一郎を利用してドラッグデザインを続けた。挙句、新田慎一郎を追い込んで殺した。あれはあなたなりの復讐だったのね」

鬼束の目が一瞬彩を鋭く抉った。

「黙って聞いてりゃ、人聞きの悪いこと言ってんじゃねえよ。俺は何もしてねえ。第一、警察は自殺だって断定しただろう」

「新田が自殺する前にあなたに連絡したそうね」

「警察に色々と事情は聴かれたが、俺は無実だ」

「新田慎一郎とは何を話したの？」

「あいつは娘のことを聞きたがっていた。だから教えてやったのさ。あいつの誤解を解くためにな」

「誤解ですって」

「そうだ、あいつはまるで俺が娘を殺したように思っていやがった。だが違う。断じて違う。新田真理を殺したのはあんたたちの仲間だよ」

「仲間、厚労省の人間がまさか——」

「そうだ。元厚労省の官僚、新田慎一郎の元妻だ」

「寝ぼけたことを言わないで。そんなことあるはずがない。佐藤さんは新田真理の母親で仮にも厚労省の官僚よ」

鬼束が破顔し笑い声が漏れた。

「あんたたちは騙されてたんだよ。情報を流していたのはあの女だ。新しい規制薬物の情報も、捜査情報もな。貴重な情報をくれるんで、俺たちはコンサルタントと呼んでいたんだ」

彩はこれまでの捜査を振り返った。鬼束の店はタイミングよく規制を逃れていた。工場へのガサの時も何者かが捜査情報を直前に漏らし、塩見を逮捕するように仕向けた。捜査に近い位置にいた佐藤なら可能だ。だが、彩はその考えを否定した。

「あり得ない。佐藤さんは娘を誑かしていたあなたを憎んでいた。何より、あなたたちに手を貸す理由がない」

鬼東の高笑いが部屋に響いた。

「理由はあるぜ。あの女を動かしていたのは復讐だよ」

——復讐。

最後に佐藤と会った時、佐藤は自らのスキャンダルをマスコミにリークしたことについて復讐と言った。厚労省の上層部に利用され、スケープゴートにされたことへの憤りから、合法ドラッグのプロジェクトを潰すために自ら犠牲になったと。

鬼東が目をぎらつかせながら、彩を睨む。

「あの女は新田慎一郎に裏切られたんだよ。新田真理はあの女の娘じゃねえ」

強い衝撃とともに、これまで信じ込んでいた佐藤の言葉が、態度がすべて揺らいだ。佐藤が新田真理に示した反応や態度は母親そのものだった。あれはすべて演技だったというのか。

鬼東は口角を上げて彩を見下した。

「信じられねえって顔だな。だが本当だ。あの女は厚労省を騙したうえに、自分の手を汚さずに新田慎一郎と奴の娘を始末した。自分の復讐のためにな」

鬼東の話が本当ならば、佐藤から聞いていた話はすべて覆る。

佐藤のマンションを訪ねた時に聞いた佐藤の白々しい身の上話から新田真理を娘と思わ

せる言動まですべてが演技だったのか。

鬼束の話を鵜呑みにはできない。すぐにでも佐藤に連絡して真偽を確かめたかった。だが、今はそれよりも目の前の鬼を退治するのが先だ。

業を煮やしたように、黙って聞いていた大西が鬼束に食い込む。

「そないな話されたところで、うちらには関係ないねん。厚労省を辞めた職員が何をしようと知らんわ。それにレッドドラゴンを創ったのはあんたやろ。新田慎一郎を裏切って、佐藤を利用したんは、全部あんたが仕組んだことや。だいたい新田親子を殺したんはあんたやないか」

鬼束が大西に顔を向け、けん制するよう目を光らせた。

「それは違うぜ。俺は奴らの望みを叶えてやったんだ。佐藤は新田慎一郎に復讐したかった。娘が薬物中毒だろうと、あの女には関係ねえ。むしろ、薬物中毒で死んでくれるのを望んでいた。それに真理は薬を必要としていた。だからテスターとして使ってやったんだ。すべては本人が望んだことだ。家族に失望して、ドラッグの世界に逃げ込んだあいつを俺は助けようとしたんだ」

鬼束の勝手な言い分が、彩の怒りに火をつけた。

「何が助けようとしたよ、よくも真理を殺したわね。あの子を犠牲にした罪を償ってもら

「うわ」

鬼束は首を傾げ、彩を諭すように言い返す。

「何度も言わせるんじゃねえ。新田真理は自ら望んでテスターになった。それによ、あれは完璧なドラッグを創るには必要な犠牲だった」

「あれは完璧なんかじゃない。真理は命をかけてそれを証明したのよ。真理の死で世間にあのドラッグの危険性が知れ渡ったわ。この先、あなたがどんなドラッグを創ろうと誰も買わないでしょうね」

鬼束は彩の言葉にうろたえることなく、挑発的な視線を向けた。

「それはどうかな。俺のドラッグを欲しがる奴らはこれから先もいるだろうな。それにドラッグがないとあんたたちも困るだろう。なんたって、あんたたちはマトリだ。麻薬がなきゃ商売にならねえじゃねえか。俺はあんたたちにとっても必要悪なんだ。世の中は相関関係で成り立っている。あんたがいるから、俺がいる。俺たちは相思相愛ってことさ」

大西があきれたような声で鬼束を見下す。

「あほらしい。こっちはあんたの戯言につきおうとる暇はないねん」

彩がそこに食い込む。

「あなたは薬に酔っているだけ。あなたも研究者だったら気づいているはずよ。その薬はただ単に指定薬物を混ぜただけ。安全性も効用も確認されていないただの危険ドラッグに過ぎない」

鬼束が急に黙り込んだ。彩が追い打ちをかける。

「あなたの常軌を逸したような言動や行動、派手な演出は薬の作用もあるでしょう。新田製薬を辞めたあなたは合法ドラッグの創薬データを盗み出し、カリスマと組んで違法なドラッグデザインにのめりこんだ。いくつもの薬を試しながら、あなたは鬼束という別人格を作り出した。鬼束という半グレを演じることで、あなたは万能になった錯覚を見ていたのよ」

彩を睨む鬼束の目が一瞬揺れたように見えた。だが、すぐに小馬鹿にするような笑いを漏らし、蔑んだ表情を浮かべた。

「それは違うぜ。薬が俺を変えたんだ。薬がなければ俺は何もできなかった。暗い部屋で一生閉じこもっていた。じめじめした地下で鬱屈した糞みてえな人生を送ってたんだ」

「だったら新田製薬に残って研究を進めればよかったのよ。なぜ会社を辞めたの」

「奴らはわかってねえ。なぜ薬が必要なのか、なぜ助けが必要なのか。そんな奴らに創薬はできねえ。その点カリスマは救いが何かをわかってる。俺たちを理解してくれてたんだ」

「そろそろ白状しなさい。カリスマは誰なの」

鬼束がいやらしい目で彩を見る。

「そいつは言えねえ。だが、あんたをよく知っている。あんたたちは似たもの同士だ。新田真理もそうだった。薬に取り憑かれている。だから、俺たちは相思相愛だ」

彩は混乱した。敵はこっちを知っている。だが、こっちは相手を知らない。

大西がしびれを切らして話に割り込んだ。

「もうそろそろ茶番はやめにしようや。東田龍一、あんたはいずれ逮捕されるんや。せいぜい娑婆の空気吸っとくんやな」

大西は踵を返し、部屋を出ようとした。だが、それを鬼束が止めた。

「ちょっと待てよ、せっかく来たんだ。お楽しみがまだだぜ」

鬼束が手を挙げて、パンパンと二回たたくと、扉が開いた。柄の悪い男が二人、部屋に現れた。革ジャンにドレッドヘア。金髪にダークスーツ。紅龍のメンバーのようだ。

「あんたらと遊びたがっている連中が待ってんだよ。この前の若いねーちゃんとの遊びが楽しかったんだろうな。また新しい女を紹介しろって言われてよぉ。まったくこいつらはどうしようもないハイエナみたいな奴らだな。盛りがついちまうと、俺だって止められねえ」

鬼束が口元を緩ませて男たちをけしかけた。

「ちょうど二人いてよかったな。仲良くやってくれ」

男の一人が部屋の扉の鍵を閉める。二人は回り込むように彩と大西に迫ってきた。彩はポケットからスマホを取り出し、森田のスマホにかけようとした。だが、何度操作してもスマホは反応しなかった。

鬼束がにやついた顔で彩に言い放った。

「おっと、ここじゃ、スマホは使えねえぜ。VIPルームは邪魔が入らないように妨害電波が出てんだ。他の客に迷惑にならねえように防音にもなってる。邪魔は入らないから好きなだけやってくれ」

彩は退路を確認した。だが、男が二人がっちりガードしている。隣の大西に顔を向けると、わずかに口元を緩ませている。こんな時になぜ余裕の表情なのか。

「あんたら公務執行妨害って知っとるんやろな」

鬼束が小馬鹿にした笑いを漏らしながら大西を見据えた。

「なにが公務だ。これのどこが公務執行妨害だよ。俺はダチの女と楽しく遊んでるだけだ」

鬼束が男に顔を向け、顎をしゃくった。金髪の男が反応して、彩に抱きつき頬ずりする。

彩は体を引きはがそうとしたが、男は体を強く押さえ、腰に手を回す。咄嗟に男の急所を摑もうとしたが、男は体を反転、彩は背後から羽交い締めにされ、胸を強く摑まれた。鬼束がそれを見て笑いながら、立ち上がり、彩の前に近寄った。手に持っているタバコから紫煙が立ち上る。煙の臭いでわかった。タバコじゃない。

「潜入捜査官とのプレイは興奮するな。あんたにも新しいクスリの楽しさを教えてやるよ。きっとこれ吸ったら、自分から脱ぎたくなるぜ」

鬼束が吸った煙を、彩の顔に吹きかける。息を止めるが、煙は顔の周りにまとわりついて離れない。鬼束は何度か煙を吹きかける。次第に煙が肺に入り、体に吸収されていく。陶酔感の後、次第に体が溶けるように熱くなり、頭がぼうっとしてきた。

「どうだ、効き目が早いだろ。俺の自信作だ。すぐに濡れてくるぜ。そしたら自分から欲しくなってくる」

鬼束の挑発に必死に耐えるが、徐々に体が弛緩(しかん)してくる。背後で大西の関西弁が聞こえるが、声が遠くなる。

「そろそろ我慢できねえはずだ」

鬼束が彩の耳に舌を這わせる。舌の感触が頰を伝い、徐々に唇に近づいていく。抵抗しようと顔を背けようとすると、金髪の男に両手で頭をがっちり押さえ込まれた。彩は我慢できず思わずせきこんだ。

その時だった。突然部屋の扉が開いた。部屋に新鮮な空気が入り、同時に数人の足音が部屋に響いた。

「警察だ。その女性から離れろ」

鬼束が声に反応して顔を離した隙に、彩は金髪の男から体を引きはがした。

制服を着た警官が鬼束と金髪の男を押さえ込む。私服刑事が鬼束に手帳をかざした。

「署まで同行してもらおう」

鬼束が顔をしかめて抵抗する。

「はあ、同行だと。俺たちは何にもしてねえよ。そのお嬢ちゃんたちと遊んでただけだ。容疑は何だ。言ってみろ」

刑事は低い声で鬼束に言い放った。

「強姦だ」

鬼束が鼻で笑う。

「バカなこと言わねえでくれよ刑事さん。ダチと遊んだだけで強姦か」

刑事が視線を後ろに向けた。背後から辰巳が姿を現した。その横には直もいる。刑事が直に質問した。

「こいつらに間違いないですか」

直は頷いてから、鬼束を指差した。

「あの男が首謀者です」

刑事が鬼束を睨む。

「誤解もいいところだぜ。弁護士を呼ぶぞ」

刑事はひるまず、鬼束に近づいた。

「好きにしろ。話は取調室で聞く」

刑事が鬼束に冷たく言い放つと、警官二人に指示を出した。

「他の二人も連れていけ」

二人の男が警官に連れ出されていく。彩が鬼束を睨んで言った。

「強姦だけじゃない。薬事法違反、それに公務執行妨害もよ」

鬼束が彩を一瞥して鼻を鳴らした。

「どれだけ罪を背負わせようとしたって無駄だ。俺はすぐに出てくる。そしたら続きをしようぜ」

不敵な笑い声を残し、鬼束は部屋から連行されて行った。

解放された彩が直に顔を向けた。

「よくここを見つけてくれたわね」

直が前に出て、彩にスマホの画面を見せた。彩がインストールした位置情報を知らせるアプリが表示されている。

「でも、なぜあんなにタイミングよく来れたの？」

彩の疑問に答えるように直が大西に目配せした。

「まさか――」

辰巳が頷きながら大西をちらりと見た。

「うちも辰巳に連絡しとったんや」

大西が直に目配せした。直が口元を緩めて答える。

「大西専門官からショートメールが入った時は驚きました。これから鬼束を挑発して仕掛けるって。ちょうど父が見舞いに来ていたから、警察に通報してから一緒に駆け付けました。大西専門官の指示で、この部屋の監視カメラを見ながら、タイミングを待っていたんです」

大西が頷きながら、直に親指を立てる。

「なかなかのグッジョブやったで。入院中に見舞いに言った時、携帯番号交換しといてよかったわ。いずれ鬼退治に参加してもらおう思うとったんや」

大西は最初から鬼束を挑発して機会を窺っていた。丸腰で行くと見せかけ、用意周到に舞台を準備し、演出を考えていた。したり顔の大西に彩はあきれた眼差しを向けた。

「最初から罠を仕掛けて乗り込んできたわけですね」

大西は悪びれもせず、言い返す。

「まあ、あんたもなかなかの演技やったで」

茶化すような大西の笑みに彩は言い返した。

「演技じゃありません。本音をぶつけただけです」

「まあ、どっちでもええわ。終わりよければ何とやらや」

大西がけたたけた笑う中、彩は直の前に立ち肩に手をかけた。

「助かったわ。ありがとう」

「ようやく霧島さんのお役に立てました」

彩は直を抱きしめ背中をたたいて労った。

5

対策本部が立ち上がって二か月。薬事法の立入検査、業務停止命令の運用が決まり、取締官たちはさらに強力な武器を手に入れた。

対策本部は一気に販売店を殲滅すべく、一掃作戦を実行した。結果、ドラッグ店を次々に廃業に追い込み、その数は残すところ一桁になっていた。そして、ついにこの日、戦いに終止符が打たれようとしていた。

午後九時過ぎ。本部に詰めていた取締官たちは一本の電話を待っていた。新宿にある最後のドラッグ店。その摘発に向かった執行チームからの連絡だ。黒木がテーブルの中央に陣取り、腕組みをしながら目を瞑っている。集まった取締官たちの顔に緊張が滲んでいる。

午後九時二十五分。黒木の携帯に振動音が響いた。取締官たちの注目を浴びながら、黒木は目を開け、電話に出た。黒木の言葉に取締官たちが耳を傾ける。

「そうか、よくやった」

黒木が携帯からいったん耳を外し、本部にいる全員に聞こえるように伝えた。

「無事に廃業に追い込んだぞ」

この瞬間、全国にあった販売店が全滅した。

取締官たちは歓喜に沸き、各々手を握り、ハイタッチをしてこれまでの苦労と喜びを分かち合った。彩も辰巳の肩を抱き、森田と握手をした。

新たな法改正により、地下に潜ったネット販売業者の摘発も進み、ついに危険ドラッグの壊滅まであと一歩と迫っていた。

取締官たちが本部を引き揚げる中、大西が本部に駆け付けた。大西は黒木を見つけると、握手を交わした。

「やりましたね」

黒木が表情を引き締め、大西を見る。

「これも大西専門官のおかげです」

「いえ、現場の努力あってのことです。明日大臣が会見を開くそうです。派手に成果をアピールするみたいですよ」

二人の会話を聞き、彩も大西に声をかけた。大西が普段見せない笑みで彩を迎える。

「ようやったなあ。本省の上層部もご満悦や」

辰巳が彩の隣に立ち、大西に頭を下げた。

「先日はおおきに。鬼束が起訴されたようやな」

辰巳が頷いた。六本木の店から警察に同行した鬼束と仲間二人は、その後の取り調べで罪状を認めたようだ。

「裁判は大変やろうけど、あの鬼を娑婆から隔離するためにもよろしゅう頼むわ」

辰巳が笑みを浮かべ、会釈をすると、大西は彩に顔を向けた。

「結局カリスマの正体はわからずじまいやな。その後、佐藤さんとは連絡ついたんか」

もしかしたら佐藤綾は何かを知っているかもしれない。そう思って何度か連絡したが、携帯は不通。鬼束が話した真偽はわからずじまいだった。

無言で首を横に振る彩に、大西がスマホの画面を向けた。

画面に映っていたのはアライドファーマのホームページだった。ニュースの欄に、社外取締役の新任と書かれている。そこには佐藤綾の名前が掲載されていた。

「まさか」

「最初からこういう筋書きやったんちゃうか。強かな女やな」

彩は画面を見ながら、佐藤の心情を考えた。これで佐藤が新田慎一郎に復讐したという鬼束の言葉に信憑性が出てきた。

彩が本部を離れようとした時、スマホが震えた。非通知だったが、声を聞いた瞬間に誰だかわかった。佐藤綾だ。

「私と連絡を取りたがっていたようね。こっちからかけてあげたわ」

「アライドファーマの役員になったそうですね」

「よくご存じね」

「厚労省を辞めたのは、そのためですか」

「前にも話した通り、厚労省幹部とアライドファーマとの癒着を断ち切るためよ。アライドファーマの経営陣に厚労省と新田の癒着をリークして新田を追放するよう仕向けたの。薬物を毒に変えるのは人間のエゴよ。医薬として正しく使われるためには、新田のような人間は排除する必要があったのよ」

「鬼束からコンサルタントと呼ばれていたそうですね。捜査情報を流していたのはあなたですね」

「あの男が何と言ったかは知らないけど、東田には聞きたいことが色々とあって、時々情報交換はしていたわ」

「情報交換ですって？」

「そうよ。東田が新田製薬から盗み出したレッドデータがどんなものか調べるためにね。新田が開発しようとしていた合法ドラッグが、本当に合法と言えるような代物かどうか見極める必要があった」

「それで鬼に手を貸したんですか」

「鬼よりも危険なのは人間のエゴよ。毒と知られず、危険な薬物が世の中にばらまかれるのを防ぎたかったの。鬼束はいずれあなたが退治してくれると思っていたわ。あなたは見事に鬼退治をしてくれたわね。おまけにレッドデータも握り潰してくれた」

佐藤の言い分に彩は反論した。

「レッドデータを潰すために、辰巳直が、そして真理が犠牲になりました。あなたの目的が本当にレッドデータを潰すためなら、もっと協力できたはずです」

「それは無理よ。私は省内であなたとは対立する立場だった。合法化に賛成する幹部のスケープゴートを演じるためには、表向きは合法化を推奨する立場を取らなければならなかった」

「都合のいい言い訳はやめてください。もしレッドデータの正体がわかっていれば、あなたは真理を助けられたはずです。でも、あなたはそうしなかった。あなたの本当の目的はレッドデータなんかじゃなかったからです。すべては新田慎一郎への個人的な復讐のためだった。そうですね」

佐藤は答えなかった。彩はさらに佐藤を問い詰める。

「鬼束から聞きました。新田真理はあなたの娘じゃなかった。すべて演技だったようですね」

「人のプライベートには立ち入らないよう忠告したはずよ。あなたが勝手に勘違いしただけでしょ。私は一度も真理のことを娘とは言っていないわ。真理は私の子じゃない。真理は新田が浮気をして外につくった子供よ」

彩は記憶を遡った。思い起こせば真理の話題に触れたとき、佐藤の言い方には違和感があった。それはプライベートに踏み込むのを嫌がったための物言いだと思っていた。だが、実際は、佐藤は真理を娘と呼べなかったのだ。親権がないという思わせぶりな言葉でごまかしていたが、それは演技ではなかったのだ。

「まさか、真理をテスターとして薬物中毒にしたのもあなた？」

「真理に恨みはなかった。それに、あの子は鬼束とカリスマに騙されていただけよ」

「結果的に真理が犠牲になったことで、新田慎一郎は自殺、危険ドラッグに対する世間の取り締まり強化の機運が高まり、厚労省も合法化を諦めた。あなたは真理を犠牲にして新田への復讐を果たしたんですね」

「どう解釈しても構わない。あなたにこれ以上何も答える必要はないわ」

佐藤は心を閉ざしたようにしばらく沈黙してから話題を変えた。

「電話したのは他でもないわ。あなたに伝えたいことがあったのよ」

「伝えたいこと？」

「鬼束はカリスマについて何か話した？」

鬼束は佐藤がカリスマであることは否定した。そのうえで、最後までカリスマの正体を明かさなかった。

「カリスマの正体を知っているんですか」

「カリスマはその名のとおり、鬼束のような人間にとっては教祖のような存在よ。でもカリスマには実質的な力は何もないわ。正体を知ったところで、あなたにはどうすることもできないわ」

佐藤の回りくどい言い方に、彩は苛立ちを感じた。

「カリスマは誰なんですか」

「カリスマの正体はあなたがよく知っている人物よ」

佐藤が告げた名前を聞いて、彩は戦慄した。同時に佐藤が話した意味を理解した。

「あなたとはもう会うこともないわね。あなたはあなたの正義を貫きなさい」

「言われなくともそうします」

「じゃあね、霧島彩」

電話は一方的に切れた。

彩はスマホを耳に当てながら、カリスマとの因縁に思いを巡らせた。

6

翌日、午前十一時過ぎ。彩は都内の郊外にある刑務所を訪れていた。事前に本省経由で面会の許可を得ていた。事情が考慮されてか、許可はすぐに下りた。

刑務官の指示に従い、待合室で面会を待った。郊外にある施設は世間から隔離されたように静寂に包まれ、わずかな物音でも内耳に響いた。近づいてくる足音が一歩ずつはっきりと聞こえてきた。刑務官の靴音に重なり、面会者が部屋に近づいてくる。会うのは三年ぶりだろうか。だが、懐かしいとは思えなかった。できれば二度と会いたくない。そんな相手だった。

刑務官が扉を開け、面会室に促された。部屋に入ると、アクリル板を隔てた向こう側に服役中の囚人が座っている。髪に顔が隠れ、表情は見えない。

「面会時間は十五分です」

刑務官に言われ、彩はアクリル板の前に置かれたパイプ椅子に座った。

透明な板を挟んで座る囚人が顔を上げた。三年ぶりに見るその姿は当時の記憶と大差なかった。

「久しぶりね。霧島彩」

不敵な笑みで囁く女性を彩はじっくりと見た。わずかに頬がこけただろうか。だが、その声や表情は印象どおりだった。

「あなたがカリスマだったのね」

北里愛（きたざとあい）が微笑を浮かべる。まるで再会を楽しみにしていたように。

かつて、覚せい剤依存者に自ら作った拮抗薬『エーテル』を飲ませて殺した女。その正体は薬学博士を母に持ち、自らも薬学部の学生にしてドラッグデザイナーでもある女だった。

二年前、彩は北里愛に監禁され、危うく覚せい剤の拮抗薬の実験台にされそうになった。その時助けてくれたのが、当時の情報官だった大西の父だ。そして、傷害致死と殺人の容疑で逮捕された北里愛は、弁護側が求めた精神鑑定請求は認められず、懲役十年の実刑判決を受け、服役したと聞いていた。

「どうして私がカリスマだとわかったの」

「佐藤綾が教えてくれたわ。あなたの名前を聞いてすべてがつながった。鬼束に私の情報を話したのはあなたね。あの男は私の弟の事件や、私自身について知り過ぎていた。鬼束を見ていて、その考え方があなたに似ていると思ったわ。あの男はあなたの影響を強く受けている。鬼束とはどこで知り合ったの」

北里は何のためらいもなく淡々と答えた。

「新田製薬と母が勤めていた大学が新たな向精神薬の共同研究をしていたのよ。担当していたのは母よ。そして新田製薬の研究員の一人が東田だった。私もよく研究室に顔を出していたわ。東田に優しくしてあげたら、すぐに仲良くなったわ。彼が協力してくれるっていうから、私の研究について色々と教えてあげたの」

「東田龍一に創薬ソフトを渡して、レッドデータを作らせたのね」

北里はすべてを認めるように淡々と告白した。

「東田は『レッドデータ』を盗んで、独自にドラッグを開発するようになった。製薬会社を辞めた後も開発は続けた。彼はすぐに開発にのめりこんだわ。鬱屈した人間に効くのは、安寧と覚醒よ。もともと持っている本能を呼び覚ますために、ドラッグや快楽を与えたの。彼は自分の内向的な性格や、人とうまく会話できないことに負い目を感じていたようね。自分を変えたいって言っていたわ。だから、彼を脱皮させるために、自信を与えたの。私の体と薬を使ってね。人を強くするのは強い信仰心よ。彼はドラッグを信じるようになって強くなった。そして新しい人格を手に入れたのよ」

「それが鬼束龍一ね。東田は新しい人格を演じるうちに、次第にあなたに同化してしまっの」

た」

北里がゆっくりと頷く。

「あの根暗な男が、ホストクラブでも通用するくらいつき抜けた性格に生まれ変わったのよ。これは喜ばしいことだわ。そしてそれは、私の実験の成功を意味していた。報酬を得た人間は人格すら変えられる。人に希望を与えた結果よ。人の心には鬼が棲んでいる。その鬼を呼び覚ましたのよ。私が彼の素質を引き出し、彼を暗闇から陽の当たる場所に導いたの。それ以来、彼は私に奉仕するようになったわ」

「陽の当たる場所ですって。あなたは彼をさらに暗い地獄に落としたのよ」

北里は動じることなく、微笑とともに言い返した。

「彼は社会の狭間でくすぶっていた。この世は不平等ね。少し人と違いがある人間は、欠陥品とみなされる。所詮人間は、本質的に多様性を認めることなんてできないのよ。私は彼に生き方と生きる場所を与えてあげたのよ」

「新田真理と親しくしたのも同じ目的なの」

「そうよ。母と新田慎一郎が研究を進める間、娘はずっとほったらかしだったわ。あの子は両親の愛情に飢えていた。その飢えを満たしてあげるためにドラッグを与えてあげたの」

「近づいた理由はそれだけじゃないはずよ。あの子をテスターとして利用したわね」

北里が嘲笑を浮かべながら答える。

「あの子は私のドラッグデザインに必要だった。父親が製薬会社の社長、薬物に囲まれた環境、テスターとして恵まれているわ。まるで昔の自分を見ているようだった。実際、彼女はとても熱心だったわ。彼女は私のドラッグデザインに随分と貢献してくれたわ」

「あなたが新田真理を薬物依存にした元凶ね」

「依存じゃないわ。救いよ。真理は薬物に救われたの。何度も自殺企図で入院していた真理を救ったのはドラッグよ。私は間違ったことはしていないわ」

開き直る北里愛を彩は強い口調で責めた。

「あなたは間違ったことをしたからここにいるのよ」

「違うわ。間違っているのは世の中のほうよ」

「悪いことをしたという自覚もないのね。あなたに魅入られた東田と真理は被害者だった」

北里は表情を変えず、目を細めて話し続けた。

「二人ともも う私には必要ないわ。完成した『レッドドラゴン』はいずれたくさんの人にとって救世主となる。私は当面ここにいるけど、ここを出られる日が来たら、その時はあなたとまた楽しい遊びができるかもしれないわね」

「私はあなたと遊ぶ気なんてないわ。危険ドラッグは撲滅した。私たちが取り締まったのよ」

「勝負はまだついてないわ。あなたたちがどんなに頑張ってもドラッグはなくならない。それを望む人たちがいる限りね。人は根本的に快楽なしに生きられないのよ」

「そうだとしても違法な薬物は必ず取り締まる。私と私の仲間が」

北里は彩を見据えるようにして睨んだ。

「楽しみね、霧島彩。私とあなた、どっちが正しいか、もう一度試してみましょう。それまでちまちまと小さな犯罪でも取り締まっていなさい」

彩が北里を睨み返す。

「たとえあなたが自由になっても、この国はあなたの自由にはならないわ。私たちマトリがいる限りはね」

北里はなおも微笑を浮かべ、彩を見つめている。

「そろそろ時間だ」

刑務官が時間を告げ、北里はゆっくりと立ち上がった。席を離れる前に、北里愛がもう一度彩を上目遣いに見て言った。

「また会えるのを楽しみにしているわ。霧島彩」

刑務官に連れられ、部屋から出て行く北里愛を見送った。

再び対峙することになるのだろうか。もしそうだとしても、やるべきことに変わりはない。違法薬物が存在する限り、仕事をするだけだ。

彩は決意を新たに席を立ち、面会室を後にした。

エピローグ

翌朝、彩は黒木部長に呼ばれた。

部長室に入り、黒木のデスクの前に立つ、黒木が顔を上げ、彩に伝えた。

「おかげで大臣からもお褒(ほ)めの言葉をもらった。これでひとまず危険ドラッグの取り締まりに目途がついた」

黒木の明るい顔に彩が大きく頷いた。

「呼んだのは他でもない。新たな仕事だ。大西専門官からの要請で特別捜査に就いてもらう。新任のチームリーダーの下でチームを編成する」

突然の辞令に驚いた。同時に気になったのは新しいチームリーダーだ。

「新しい特捜チームのリーダーはどなたですか」

「今ここに呼んでいる。まもなく来るはずだ」

「事前に教えていただけないんですか」

「君がよく知っている人物だ」

黒木はどうしてもはぐらかしたいようだ。その時、扉をノックする音が聞こえた。黒木が入れ、と伝えた。扉が開くと車椅子が入ってきた。乗っていたのは堤だった。堤は車椅子を押していた女性に礼を言うと、自らの手で車椅子を進め、黒木の前まで移動した。

「霧島も一緒か」

堤はそう言って彩に目を向けた。

彩が黒木に訊いた。

「新しいリーダーって――」

「そうだ。堤に頼んだ。ただし、彼から条件が出た。君を部下にする。それで辞令を出した。堤、これでいいか」

堤が頷いた。

「まだリハビリ中でこんな体だ。しばらく車椅子を押してくれるやつが必要だ」

「ちょっと待ってください。私の意向は――」

「嫌なのか」

黒木にそう言われ、考えた。拒む理由は全くない。

「異論はありません」

彩は黒木に頭を下げると、黒木が堤と彩に目を配った。

「なら決まりだな。これからは堤を支えてくれ」

「いえ、それはお互いさまです」

車椅子の堤が口を挟んだ。

「偉そうなことを言う前に、車椅子の押し方を覚えろ」

彩は堤の車椅子の後ろに回り、ロックを解除した。

「なんだできるじゃないか」

黒木がその様子を見て、笑みを浮かべた。

「事務所をバリアフリーにしないといけないかな」

「その前にリハビリに励んで早く車椅子から降りてください」

堤が苦笑いする顔を見ながら、彩は車椅子を手前に引いた。その重みを感じながら彩は少しだけ幸せな気持ちになった。

淡い陽光が窓から部屋に差し込んでいた。彩は窓の外に目を向けた。

雲間からいく筋かの光の尾が都心を照らしている。

「霧島、次の仕事にかかるぞ」

堤の声に応え、彩は車椅子を前に押した。

【主要参考文献】

『マトリ　厚労省麻薬取締官』　瀬戸晴海（新潮新書）
『危険ドラッグ　半グレの闇稼業』　溝口敦（角川新書）
『麻薬取締官』　鈴木陽子（集英社新書）
『麻取や、ガサじゃ！』　高濱良次（清流出版）
『覚醒剤大百科』　覚醒剤研究会（データハウス）
『医薬品クライシス』　佐藤健太郎（新潮新書）
『トコトンやさしい薬の本』　加藤哲太（日刊工業新聞社）

その他新聞、雑誌、インターネットの情報を参考にしました。

光文社文庫

文庫書下ろし

レッドデータ　麻薬取締官・霧島彩Ⅲ

著者　辻　寛　之

2021年11月20日　初版1刷発行

発行者	鈴木広和
印刷	堀内印刷
製本	ナショナル製本

発行所　株式会社　光文社
〒112-8011　東京都文京区音羽1-16-6
電話（03）5395-8149　編集部
8116　書籍販売部
8125　業務部

ISBN978-4-334-79267-1　Printed in Japan

組版　萩原印刷